네가 매일 실패해도
함께 갈게

★ 여전히 우울증을 치료 중인 딸의 의견을 반영하여 딸의 이름은 가명을 사용했습니다.

우울증을 이해하고 견디기 위한
엄마와 딸의 혈투

최지숙·김서현 지음

네가 매일 실패해도 함께 갈게 —

끌레마 Clema

진혁, 동연, 재연에게.
살아가는 것으로
삶의 길을 보여주시는 네 분 부모님께.
그리고 첫딸 J에게.

너의 슬픔을 말해보렴,
나의 슬픔을 말할 테니*

뭔가 괜찮아 보이는 직업을 발견할 때마다 그 직업을 아이들에게 권하는 게 오랜 제 습관입니다. 이를테면 함께 영화를 보러 갔는데, 시나리오가 탁월했다면 "너희도 재능 있잖아, 시나리오 한번 써봐"라고 하고, 포스터가 근사하면 "포스터 디자이너도 괜찮겠는데?"라며 부추깁니다. 혹은 "먹고살 수만 있으면 평론가도 멋질 것 같아"라며 슬쩍 떠보기도 합니다.

물론 아이들 셋이 모두 영화를 좋아하기에 가능한 농담 반, 진담 반의 대화입니다. 그럴 때마다 아이들은 "엄마가 해봐. 아직

---

* 메리 올리버의 시 「기러기」 중에서 "너의 절망을 말해보렴. 그럼 나의 절망을 말할 테니"를 차용한 것입니다.

늦지 않았어"라며 넌지시 제 등을 떠밀어 줍니다.

"엄마가? 이 나이에?"

남편과 아이들에게서 노트북을 선물 받은 건, 큰딸 서현이가 정신병원에서 퇴원하고 한 달 뒤의 일입니다. 그 무렵 저는 하루하루 우울증을 견디며 살아가는 서현이의 이야기를, 매일매일 카톡에 일지 쓰듯 써 내려가고 있었습니다. 달리 갈 곳 없던 끄적거림의 수신인은 당연히 '나'였습니다. 이 사실을 눈치챈 가족이 노트북을 선물하며 본격적으로 글을 써보라고 제 등을 떠밀어 준 겁니다. 제 생일을 위해 가족 모두 크게 무리한 셈입니다.

그런데 노트북에 뽀얗게 먼지가 앉아가는 동안에도 저는 줄곧 해오던 방식을 버리지 못했습니다. 카톡에 혼자만의 기록을 이어가던 제가 용기를 낸 것은 이웃 언니에게서 길고 긴 문자를 받은 뒤입니다. 서현이의 우울증에 관한 이야기를 제게 들었던 언니가 아들의 불안증세에 관한 이야기를 상세히 적어 보내온 겁니다.

말하지 않으면 알 수 없는 이야기들이 있습니다. 말해야 비로소 드러나는 진실이 있습니다. 때론 사소해서, 때론 두려워서, 또 때론 자존심 때문에 꺼렸던 이야기들입니다. 제 딸 서현이의 우울증에 관한 이야기도 그랬습니다. 제가 먼저 저와 딸의 이야기를 꺼냈을 때, 앞에 앉은 누군가가 다시 자신의 이야기를 들려주는 귀한 경험을 여러 차례 하게 됐습니다. 서로 먼저 말하지 못해 머뭇거렸을 뿐, 우리에게는 혼자 감당하기에는 벅찬 슬픔이 생각보다 많았던 겁니다.

그때부터 저는 비로소 노트북의 깜박이는 커서를 바라보며, 서현이와 저의 이야기를 풀어나갔습니다. 이번엔 자신 혹은 가족의 우울증 때문에 힘든 시간을 보내고 있는 많은 엄마와 아들, 딸들이 마음속 수신인이 되었습니다. 그들에게 전하고 싶은 이야기가 있다는 사실로 제 안의 용기를 끌어모은 저는 서현이에게 함께 책을 써보자고 제안했습니다. 살아가는 일을 '죽도록' 자신 없게 여기는 딸, 우울증에 몸과 마음을 무방비로 가위눌린 딸을 어떻게든 깨워야 했기 때문입니다.

서현이를 '살게 하려면' 서현이가 잘할 수 있는 일에서부터 실타래를 풀어야 한다고 생각했습니다. 서현이는 어떤 힘든 순간에도 그림 그리는 것을 멈춘 적이 없기 때문입니다.

엄마의 제안으로 함께 책을 내보길 결심한 서현이는, 중간중간 기획 자체를 포기해야 할 만큼 가슴앓이를 했습니다. 저는 글로, 서현이는 그림으로 자신의 마음을 표현하기로 했는데, 그림을 그리는 내내 떠올리고 싶지 않은 기억들과 마주해야 했기 때문입니다. 그때마다 저의 확신과 설득이 필요했고, 무엇보다 서현이의 용기와 결단이 절실했습니다.

서현이가 그린 그림 중에, 넓은 풀밭을 배경으로 하늘로 날아가려는 딸을 엄마가 양손을 뻗어 붙잡는 그림이 있습니다. "땅에 발을 딛지 못하고 떠다니는 자신을 엄마가 붙잡아주는 모습"이라고 서현이는 설명했습니다. 그런데 이 그림을 본 어떤 이는 "늪에 빠지려는 엄마를 핑크 머리 아이가 구해주는 그림 같다"라고 하더군요. 한순간 토끼로 보였다가 다시 보면 오리로 보이는 착시 그림처럼, 그 그림을 다시 보니 그런 해석도 얼마든지 가능해 보입니다.

우울증을 이해하고 견뎌야 했던 엄마와 딸이, 고통인지 사랑인지 슬픔인지, 어쩌면 희망인지 알 수 없는 날들을 함께 기록했습니다. 아무쪼록 우리가 용기 내 전하려고 한 이야기가 누군가의 마음에 가닿기를, 미흡하나마 희망의 속삭임이 되기를 바라봅니다. 지금 우울증을 앓고 있거나, 그런 가족 때문에 혼자 슬퍼하고 있는 이들에게 보냅니다.

"당신의 슬픔을 말해주세요. 나의 슬픔을 이야기하겠습니다."

차
례

시작하며

너의 슬픔을 말해보렴, 나의 슬픔을 말할 테니 · 6

1장

:

그날

너는 왜 죽으려고 했니? · 16

그날 · 19

정신과 병동에서 찾은 불안한 평화 · 28

엄마가 돕지 않아도 괜찮습니까? · 34

안전선 안에서 만난 사람들 · 38

퇴원, 다시 집으로 · 44

2장
:
아주 오래된 미래, 딸의 발자취

불안에 대한 민감도가 높은 아이 · 52

두 번의 왕따와 전학 · 60

숨기 좋은 방에서 보낸 한철 · 67

그럼에도, 그리는 일을 멈춘 적은 없다 · 74

저는 일류가 되고 싶은 생각이 없는데요 · 79

언제나 이상한 나라에 떨어진 앨리스처럼 · 85

엄마, 나 여기가 어딘지 모르겠어 · 90

엄마, 매일매일 실패해서 미안해 · 96

3장

:

따로 또 같이, 동행의 기술

몹쓸 뇌피셜과 빌어먹을 가스라이팅 · 104

현재만이 선물입니다 · 110

자기혐오를 멈추기 위한 시도 · 117

엄마와 딸의 장애물 달리기 여행 · 124

예술이 무엇이든, 치료가 먼저 · 133

곰팡이투성이 고양이와 서현이의 동거생활 · 137

고양이 샴푸와 함께 히키코모리의 세계로 · 142

오직 희망을 주는 영화만이 살아남는다 · 150

우울증은 이겨내는 것이 아니라 견디는 것 · 156

아무 일도 하지 않는 것보다 실수하는 편이 낫다 · 162

시차와 매듭은 각자의 방식으로 · 168

4장
:
우울증 딸로부터 내 삶 지키기

과보호 금지, 무관심 금지 · 174

예의는 지키되 원칙과 경계는 단호하게 · 178

감정의 롤러코스터에 함께 타지 않기 · 186

가족이니까, 거리를 둡시다 · 191

SNS로 소통해도 밥은 현실 세계에서 · 198

마이 페이보릿 띵스 · 203

별것 아니지만, 도움이 되는 · 210

금요일 오후 다섯 시 반, 대화의 힘 · 215

죽음을 돌려세울 용기 · 220

나, 엄마의 민낯 · 227

마치기 전에 희망이 아닌 현재를 위한 선택 · 236

마치며 반짝반짝 빛나는 떠돌이별 · 240

1장

:

그날

무엇이 우리를 현실에 발 디뎌 살게 하며,
다른 무엇이 우리를
현실 아닌 세계로 사라지게 하는 걸까요?

너는 ── 왜
죽으려고 했니?

·
·

　　　　　　　스물네 살 제 딸 서현이는 현재 모 대학교 디자인과에 재학 중입니다. 고교 시절 국어 과목을 제외하면 성적이 전 과목 7등급 이하였던 서현이는, 2016년도 수시 가, 나, 다군 디자인 학부에 모두 합격하는 반전을 일으켜 가족들에게 놀라움을 안겼습니다. 그런데 기쁨의 순간은 너무 짧았습니다. 1학년 1, 2학기 내내 학교에 (거의) 출석하지 않았고 정신과 진료와 상담 치료를 함께 받는 시간을 보내야 했던 서현이는 휴학을 선택했습니다. 그때(2016년)의 진단명은 우울증과 공황장애입니다.

　그리고 2019년 5월, 서현이는 자살을 시도합니다. 그것은 그녀의 첫 번째 자살 시도가 아니었고, 불행히도 마지막 시도 역시 아닐지 모릅니다. '위기개입'이라는 명분으로 서현이를 정신병원에 입원시킨 3주 동안, 엄마인 저는 하루에 두 번씩 서현이를 면담했습니다.

살고 죽는 일의 경계는 때론 어처구니없이 허술합니다. 딸에게 삶의 의미를 되살리는 건 눈앞에 닥친 피할 수 없는 과제였기에 저는 어떻게든 서현이를 돕고 싶었습니다. 계속되는 우울증의 발현으로 학업은 가다 서기를 반복하는 중이었지만, 서현이는 자신이 선택한 그림만큼은 지치지 않고 매일 그려나갔습니다. 방송 다큐멘터리에 애니메이션을 납품한 경험도 많았고, 인터넷으로 그림 관련 상품들을 꽤 많이 판매하곤 했지요. 막연했지만, 저는 '서현이를 살게 하려면 서현이가 잘할 수 있는 일에서부터 실타래를 풀어야 한다'라고 생각했습니다.

퇴원한 후 쉽게 입을 열지 않던 서현이와 산책을 나서던 길이었습니다. 먼저 현관으로 나선 서현이를 뒤쫓던 저는, 너무 놀라 순간 얼어붙고 말았습니다. 서현이가 베란다 난간 위에서 방충망을 열어놓은 채 10층 아래를 내려다보고 있었기 때문입니다. 저는 호흡이 가빠지고 목소리가 덜덜 떨렸습니다. 그때 즉흥적으로 서현이에게 제안했지요.

"나는 너에 대한 글을 쓰고 싶어. 엄마 글에 대한 답을 그림으로 해줄 수 있니?"

서현이가 그러겠다고 했기에 저는 좀 더 용기를 냈습니다. 제 글과 서현이의 그림을 책으로 출간해 다른 사람들과 공유하기로 한 것입니다. 그러니까 이 책은, 공황장애, 우울증, 양극성 장애 및 관련 정신과 질환의 파괴력에 의해 섭식장애, 자해 성향 등등의 문제를 짊어지고 살아가는 딸과 한집에서 살아가며 제 삶을 지키고 나아가 딸을 지켜내는 일련의 과정을 기록하려는 시도입니다.

책을 내보자는 저의 무계획적 출발에 서현이가 동의한 뒤, 제가 인터뷰를 핑계로 던진 첫 번째 질문은 바로 이것입니다.

"그런데 너는 왜 죽으려고 했니?"

그 —— 날

·
·

옛날 숲속 작은 집에 다람쥐 가족이 살았습니다. 엄마 아빠의
사랑을 많이 받고 싶은 첫째 다람쥐는 동생들과 살짝 사이가
좋지 않았지만 큰 문제는 아니었습니다. 첫째 다람쥐는 쑥쑥
자랐는데, 언제부턴가 마음속의 물음표도 함께 커졌습니다.
"나는 엄마 아빠랑 너무 다른데? 봐, 꼬리도 없잖아?"
첫째는 조그맣고 귀여운 동생 다람쥐들을 보면서도 한숨을 쉬
었습니다.
"나만 이렇게 클 리도 없고."
물음표들의 세상에서 길을 잃은 첫째는 자신의 진짜 엄마를
만나러 가겠다고 결심했습니다.
첫째에게는 오래된 두 친구가 있었는데, 바로 코 삐뚤 빨간 요

정과 외눈박이 파란 요정입니다. 코 삐뚤 요정은 첫째에게 진
짜 엄마를 만나게 해주겠노라 큰소리쳤습니다.

"진짜 엄마한테 가려면 너의 기억과 향기를 모두 이곳에 두고
가야 해."

첫째는 그만 울상이 되고 말았습니다.

"기억을 두고 가면 내가 나인 걸 어떻게 알아? 향기가 사라지
면 다시 돌아올 수도 없을 테고."

겁쟁이처럼 보일까 봐 눈물을 꿀꺽 삼킨 첫째는 오랫동안 꿈
꿔온 곳으로 가기 위해 아주 예쁜 옷을 골랐습니다.

"아프지 않을까?"

향기를 담기 위한 유리병을 받아들며 첫째가 코 삐뚤 빨간 요
정에게 근심스레 물었습니다.

"괜찮아. 그래도 걱정된다면 먼저 이걸 먹어봐. 도움이 될 거
야."

코 삐뚤 요정은 아픔을 잊게 하는 붉은 열매와 투명한 시럽을
첫째의 떨리는 손에 건네주었습니다.

"꼴깍."

열매와 시럽 덕분에 용감해진 첫째는 유리병에 자신의 향기를
담기 시작합니다. 첫째의 옷에서 색이 사라지면서 첫째가 알
던 자신의 모습이 조금씩 사라졌습니다.

"떽떼구루루."

그때였습니다. 외눈박이 파란 요정이 집을 나선 것이. 언제나 다정하게 놀아주던 첫째가 인형처럼 움직이지 않을까 봐 마음 졸이며, 엄마 다람쥐를 찾기 위해서.

서현이가 병원에서 퇴원한 다음 제게 들려준 이야기에 상상력을 살짝 보태서 적어봤습니다. 비슷한 처지의 분들에게 안 좋은 영향을 줄지 몰라 (자살을 떠올릴 만한) 사실적인 이야기는 되도록 피하려 했습니다. 사실과 다르지만, 진실에 근접한 동화입니다.

자신이 다니던 대학교 앞에서 2년 동안 자취를 해왔던 서현이는 지난해 봄부터 자신의 학교와는 거리가 먼 홍대 쪽으로 거처를 옮겼습니다. 친구가 거의 없는 학교 주변 환경이 맘에 걸렸던 터라, 전공이 같은 둘째 동생이 대학에 입학하면서 홍대 쪽에 함께 지낼 공간을 마련해주었지요.

'죽기로 결심한 그날' 정오 무렵, 서현이는 저에게 카톡을 보냈습니다.

"엄마, 지금 나 좀 봐주러 오면 안 돼?"

앞뒤 설명 없는 문자 한 줄이었습니다. 무시하고 넘길 문자메시지가 아니라는 건 경험과 직감으로 알았지요.

서현이는 홍대 앞으로 거처를 옮긴 뒤, 동생과 자취 집에서 자주 다퉜습니다. 둘의 끝 모를 감정 대립에 지친 저는 여름방학이 시작되면 자취 집을 정리하겠노라 통보했습니다. 이 통보를 받은 서현이는 '그날'로부터 3일 전, 제게 세 줄의 카톡을 보내왔습니다.

"엄마랑 둘째는 내 가족 아닌 것 같아."

"둘째만 엄마 딸 해."

"더 카톡 안 할게."

더는 카톡을 안 하겠다던 서현이가 3일 만에 '나를 보러 오라'는 절박한 문자를 보낸 데는 이유가 있었을 텐데, 저는 순순히 '묻지도 따지지도 않고' 달려가지는 않았습니다. 갈 순 있지만, 이유는 알고 가고 싶다고, 정말 중요한 일인 거냐며 연신 카톡을 보내고 전화를 했습니다. 서현이는 그 뒤로는 답이 없었고요.

전화나 카톡으로 불쑥 엄마의 안부를 묻고, 만나기를 청하는 서현이의 방식이 낯선 것은 아니었기에 어쩌면 그냥 지나쳤을지 모릅니다. 그런데 왠지 그날은 모른 척할 수 없었습니다. 외눈박이 파란 요정의 외침이 절실했던 걸까요?

남편에게 서현이의 자취방에 가보라고 청하고는 저도 서둘러 택시를 잡아탔습니다. 결국, 부모로 살면서 평생 다시 보고 싶지 않은 장면을 남편이 저보다 먼저 보았습니다.

119에 전화를 걸고, 구급차에 함께 타고 병원 응급실에 도착할 때까지의 일들은 기억이 뒤죽박죽입니다. 무작위의 장면들이 두서없이 떠오릅니다.

응급실의 의사 선생님은 생명에는 지장이 없지만, 상처가 깊고 길어서 미세한 신경들을 살리는 건 어려울 수 있다고 했습니다. 다급했지만, 그래도 목숨이 위태로운 상황은 아니었는데 남편은 의사 선생님의 한마디에 크게 감격하더군요. 서현이를 처음 발견한 충격이 어땠는지 느껴져서 마음이 짠했습니다. 의사 선생님이 '나중에 성형외과적 처치를 하더라도 흉터는 남을 것'이라고 설명할 땐 저도 좀 울컥했습니다.

목동 인근 병원에서 집 근처의 종합병원으로 옮긴 건 저녁 무렵이었습니다. 길고 긴 하루였습니다. 붉게 상기된 서현이는 고열에 시달리는 사람처럼 의미 없는 말들을 뱉기도 했고, 돌아누운 채 벽을 뚫어지게 보기도 했지만, 종일토록 잠들지는 않았습니다.

M병원 응급실에서 대면한 정신과 선생님은 서현의 현재 상태와 과거의 병력, 그간의 사건 등에 대해 세밀하게 질문했고, 저는 머릿속이 하얘지지 않도록 계속 숨을 고르며 제대로 답하려고 애썼습니다.

그날 밤으로 입원절차를 밟았습니다. 부모도 만 스무 살이 넘은 딸을 마음대로 정신과에 '넣을' 수 없다는 건 처음 알았습니다. 의사 선생님은 환자의 동의 없이 입원할 방법을 알려주었지만, 서현이는 의외로 입원에 거부감을 보이지 않더군요.

딸의 입원 치료를 누구보다 적극적으로 원한 건 저였습니다. 서현이는 이미 안에서부터, 조금씩 무너지고 있었기 때문입니다. 우울증, 공황장애, 자해, 자살 충동, 무력감, 두려움, 악몽, 두통······. '판도라의 상자'를 열기라도 한 듯, 딸은 삶을 부정하는 온갖 감정들에 진작부터 휘둘려왔습니다. 엄마인 제가 모를 리 없지요. 돕지 못했을 뿐입니다. 돕지 못한 정도가 아닙니다. 상자 속에 들어 있는 '나쁜 선물' 중 일부는 엄마인 저와 관련이 있을지도 모릅니다. 딸은 자신을 갉아먹는 우울증에 '너무 오래' 시달려왔고, 저는 해답 없는 의문을 또 '너무 오래' 키워왔습니다.

죽음에 대한 고민을 남보다 이른 나이에 시작했고, 엄마를 죽이고 싶을 만큼 미워했던 때를 지나, 자신을 벌하기 위해 자해를 하고, 깨어나지 않기를 바라며 잠들던 날들 뒤에 결국 죽기를 결심한 딸입니다.

매일 이런 살얼음판이면 누가 봐도 정상이 아닌 건데, 엄마인 저는 못 본 척 돌아가려 했습니다. 학업, 주위의 수군거림, 성가심, 나아질 거라는 섣부른 기대······ 이런 게 다 뭐라고 말이지요.

엄마의 사랑이 딸을 우울이라는 지옥에서 길어 올릴 수 있다면, 세상의 어떤 엄마라도 그렇게 했을 겁니다. 저 역시 마찬가지입니다. 그렇지만 삶의 막다른 골목에 발 디딘 딸의 마음을 엄마의 사랑으로 되돌릴 수 있다고 믿는다면, 저는 순진하기 짝이 없는 사람입니다. 서현이는 이미 우울의 끓는점을 넘었기에, 전문가와 그분들의 '처방'이 있는 곳이 안전가옥이라 판단했습니다.

우울증을 이해하려는 엄마와 견뎌야 하는 딸의 혈투는 이렇게 전환점을 맞은 셈입니다. 백만 번의 실패를 뒤로 한 채 말이지요.

누구에게나 죽는 것도, 살아가는 것도

용기가 필요한 일 아닐까?

일단 살기로 마음먹었다면 잘 살고 싶다.

잘 살 수 없다면 죽고 싶다고 생각했다.

내 실패투성이 삶으로부터 고개를 돌리고 싶었다.

정신과 병동에서 찾은
불안한 —— 평화

서현이는 병원에 있는 내내 편안해 보였습니다. 원래 이랬나 싶을 만큼 말투나 표정이 부드러워, 제 마음도 덩달아 쉼표를 찍었습니다.

"반반이라고 생각했어. 죽으면 거기에 나는 없는 거니까, 그걸로 됐고, 살게 되면 어떻게든 다시 살아질 거라고."

절반의 확률로 다시 살게 된 서현이는 오늘 병원 침상에 앉아 설문지를 작성 중입니다. 공책 크기로 몇 장에 걸쳐 채워진 질문지에는 기분이 가라앉거나 우울하거나 희망이 없는지, 자신을 실패자라고 느끼는지, 세상이 멸망할 것 같아 근심 걱정이 드는지, 누군가 당신을 따라다닌다는 생각이 드는지 등등, 알아두면 쓸데가 있을지 없을지 알 수 없는 질문들이 깨알처럼 박혀 있습니다.

여러모로 머릿속이 복잡할 텐데 설문조사를 소일거리 삼은 듯 열심입니다. 하루에 다 못 끝낼 일이라며 며칠 동안 설문지 작성에 마음을 쓰더군요. 기말고사를 남겨둔 학교에는 병가를 신청했고, 2학기는 휴학으로 가닥을 잡았습니다. 2학년 봄학기와 가을학기에 이은 두 번째 휴학 결정입니다. 1학년 때는 거의 학교에 나가지 않아 학점을 챙기지 못했으니, 서현이의 입학과 졸업 사이엔 뭔가 커다란 블랙홀이 생겨버린 느낌입니다.

서현이가 병원에 있는 동안 제 하루 일정은 거의 '집, 병원, 집, 병원, 집'이 돼버렸습니다. 주치의 선생님은 아침저녁의 빠짐없는 면회는 서현이의 심리치료에 도움이 되지 않는다고 하시더군요. 의존성만 높아진다는 겁니다.

그런데 딸을 병원에 두고 딱히 손에 잡히는 일도 없는 데다, 2 ~3분만 늦어져도 "엄마, 어디야?" 하는 카톡을 보내오는 통에 출근부에 꼬박꼬박 도장을 찍었습니다. 다행히 5시 반부터 8시까지로 정해진 오후 면회시간에는 남편이 매일 빠짐없이 함께해 주었고요.

함께 체스를 두고, 블록 부수기를 하고, 수다를 떨고, 가끔은 할 말도 없고 할 일도 없어 (그런 아슬한 순간이 가끔 있습니다) 가만 앉았기도 하는 날들이었습니다. 서현이가 자살 행동을 반복하면 어쩌나 싶어 남몰래 혼자 힘들어하기도 했습니다. 자살 시도자들은 거의 예외 없이 재시도를 한다거나, 평균 열댓 번의 반복 끝에 실제로 죽음에 이르게 된다는 통계들은 괴담 같아서 듣고 싶지 않았습니다.

그렇지만 서현이가 병원에서 보낸 3주 동안, 규칙적으로 먹고 자고 깬 것은 커다란 수확이었습니다. 안정된 수면 패턴은 많은 부분에 긍정적인 효과를 가져왔고요. 아침에 말간 얼굴로 깨어 있는 딸을 본 게 도대체 얼마 만인지 신기할 정도였습니다. 게다가 의료진들이 약물 상담, 심리치료 등 여러 면으로 돕고 있으니 아무래도 스트레스가 덜했던가 봅니다. 한번은 서현이가 느긋한 표정으로 이러더군요.

"엄마, 여기 있으니까 어지간한 건 다 사소하게 느껴져. 왜 고만한 일에 그렇게 힘들어했나 몰라."

병원 환경이 주는 안정감과 수면 패턴의 긍정적인 변화로 큰 문제 없는 시간을 보냈던 서현이가 살짝 삐걱거린 건 입원 2주 차에 접어들면서입니다. 빈혈이나 간헐적 두통도 문제였지만, 더 큰 문제는 섭식장애였습니다. 서현이는 그 무렵 의식적으로 음식을 '새 모이처럼'만 먹었습니다. 담당 선생님이 이걸 눈치 못 챌 리 없고, 급기야 서현이는 그날 먹은 음식의 양을 일지에 빠짐없이 기록해야 했습니다. 김밥 두 개(두 줄이 아니고), 야쿠르트 한 모금, 바나나 반쪽 정도면 완전 '거하게' 먹은 날이니, 서현의 갑작스러운 소식(小食)은 그냥 넘어갈 일이 아니었지요.

"이번엔 굶어 죽으려고? 도대체 왜 그러는 건데?"

"엄마, 나는 내가 너무 거대하게 느껴져. 완전히 소인국에 떨어진 앨리스 같다니까. 앞에 누가 있으면, '이렇게 클 생각은 아니었는데 죄송합니다'라고 말하고 싶어."

평생 저체중 소리를 듣고 사는 저보다 몸무게가 더 나가는 것도, 키가 더 큰 것도 아니면서 도대체 어디가 어떻게 거대하다는 걸까요? 몸과 마음을 우그러뜨려 한없이 작게 하려는 서현이가 안쓰럽다 못해 행여 거식증에라도 걸릴까 덜컥 겁도 나더군요. 서현이는 한사코 '음식을 줄여 먹는 것일 뿐'이라고 선을 그었지만, 지켜보는 제 마음은 편치 않았습니다. 우울증으로 촉발된 마음의 허기를, 음식을 끝없이 뱉어내거나 삼키는 일로 맞바꾸면 어쩌나 싶어서입니다.

입원 3주 차에 결국 서현이는 6kg 가까이 살이 빠졌습니다. 편두통과 빈혈, 변비로 인한 성가심(극심한 다이어트의 결과라고 단언할 수는 없습니다. 증상들의 원인은 훨씬 복합적이니까요)을 달고 살면서도 다신 살찌지 않겠노라 선언했습니다. 급작스럽게 30kg쯤 살이 찌는 것과 트럭에 치이는 것 중 하나를 선택하라면 당연히 트럭에 치이는 것을 고르겠다는 말에는 할 말이 없더군요.

퇴원한 후에도 서현이는 여전히 (있지도 않은) 살과 전쟁 중입니다. 그렇지만 이 글을 퇴고할 무렵에는 아침저녁 올라가던 체중계가 고장이 났는데 그냥 두는 대범함(!)을 보이니 그나마 다행이라면 다행이라 하겠습니다.

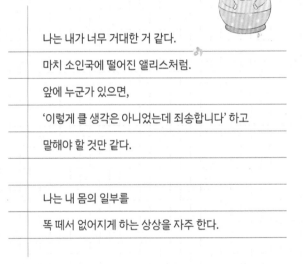

나는 내가 너무 거대한 거 같다.

마치 소인국에 떨어진 앨리스처럼.

앞에 누군가 있으면,

'이렇게 클 생각은 아니었는데 죄송합니다' 하고

말해야 할 것만 같다.

나는 내 몸의 일부를

똑 떼서 없어지게 하는 상상을 자주 한다.

엄마가 돕지 않아도
──── 괜찮습니까?

　　　　　　　남편과 함께 주치의 선생님을 만나기로
한 날이었습니다. 대기실에 앉아 있으려니 괜히 죄인이 된 것 같
습니다. 초등학생 아들과 함께 온 보호자 한 분이 누가 묻지도 않
았는데 들으라는 듯 큰소리를 냅니다.

"왜 엄마 아빠 돈을 훔쳐, 훔치길? 네가 도둑이야?"

정작 처음 보는 사람들 앞에서 야단을 맞는 아들은 표정이 없
는데, 엄마는 일그러진 얼굴에 성난 눈빛으로 레이저를 쏩니다.
본인이 여기 있는 책임이 아들에게 있음을 굳이 시위하려는 듯해
서 보기 좋지 않았는데, 정작 선생님과 만난 저도 크게 다르지 않
았습니다.

일단, 정신과 의사와 마주하려니 불편함이 손님처럼 찾아오더

군요. 말이든 행동이든 실수할까 봐 조심스러웠습니다. 선생님은 서현이의 병명을 '양극성 성격장애'로 추정한다고 했습니다. 쉽게 이야기하면 조울과 우울의 패턴이 주기적으로 반복되는 기분장애를 말합니다.

선생님은 저와 남편의 이야기를 귀담아들으시고는 조언을 이어갔습니다. 그런데 선생님이 "엄마가 너무 힘들어 보이신다"라고 하는 순간 제가 울컥하고 말았습니다. 그때 저는 '이렇게 불안정한 딸을 돌보는데, 힘든 게 당연하지 않아?' 하는 마음이었던가 봅니다. 도대체 어떻게 서현이를 돌봐야 할지 모르겠다면서 순간 울기 시작했으니까요.

선생님은 '서현이가 원하는 것을 수용하되 원칙을 지켜야 한다'고 강조하셨습니다. 그런데 '원칙에 충실하라'는 말을 '더 노력하라'는 의미로 해석한 제가 순간 폭주하고 맙니다.

"새벽 2시에 우울해 죽을 거 같다는 카톡을 보내는 딸에게는 어떤 원칙이 필요한데요? 함께 밥을 먹던 딸의 손목에서 자해의 흔적을 발견했을 때는요? 지하철에서 내렸는데 어디가 어딘지 모르겠고 지갑도 잃어버린 거 같다고 전화할 때는 어떤 원칙으로 문제를 해결해야 하나요?"

저는 질문인지 하소연인지 원망인지 알 수 없는 말들을 속사포처럼 쏟아냈습니다. 원칙 없는 딸 때문에 힘든 건 나라고 생각했는데, 이제 다시 제 쪽에서 원칙을 세워야 한다니, 억울하고 화가 났습니다. 선생님은 물론 그런 의도로 말씀하신 게 아닙니다. 성격적으로 불안정한 서현이를 믿고 지지하되, 결코 끌려다녀서는 안 된다는 이야기였지요. 한마디로 일관성 있는 대응을 주문하신 겁니다.

"엄마가 도움을 주지 않으면 어떤 문제가 생기나요?"

선생님이 담담하게 물으시는데, 생각보다 답이 궁색해서 당황했습니다. 글쎄요. 어떤 문제가 생길까요? 차비가 없으면 데리러 가야 하고, 휴대폰이 끊기면 연락할 방법이 없으니 불편하다고 대답할까요? 돈이 너무 궁한 나머지 주유소라도 습격할까 봐 걱정이라고? 아니면 충동적인 성격에 나쁜 일을 저지를까 봐 불안하다고요? 저는 한참 동안 대답을 못 했습니다.

"서현 씨는 어린애가 아닙니다. 차비가 없다고 집에 못 오지 않고, 휴대폰이 끊겨도 큰 문제 없어요. 이미 성인이 된 서현이를 부모님이 통제할 방법은 별로 없습니다. 경제적인 제재가 그나마 현실적인 대안입니다."

저의 고충에 공감하시는 한편, 서현이와 어떤 원칙으로, 어떻게 역학관계를 맺어야 하는지를 담담히 조언하시는 선생님 앞에서 저는 결국 백기로 투항할 수밖에 없었습니다.

상담실 문을 나와 남편과 커피를 마시던 제가 멋쩍은 마음에 한마디 했습니다.

"선생님이 엄마는 분노조절 장애가 있다고 하시겠네. 그 엄마에 그 딸이라고 생각하시면 어쩐다?"

"그러게."

아이고, 위로를 모르는 남편입니다.

"엄마, 상담 잘했어?"

다음날 서현이가 카톡으로 묻더군요.

물론 잘하지 못했지만, "어.ᐧᐧ 믿어주고 지지해주고 원칙에 충실하라는 유지를 받고 왔다"라고 답했습니다.

그리고 자신에게 조용히 물었습니다. '너는 딸을 믿고 지지해준 엄마였니?' 하고 말이지요. 머릿속에 핑곗거리만 가득한 걸 보니, 답은 '그렇지 않다'인가 봅니다. 애써 감춘 민낯을 들킬까 봐 두려워 선생님 앞에서 그처럼 경직되고 울컥했나 봅니다. 지금 딸이 겪는 고초가 행여 엄마의 모자람 때문은 아닌지, 저는 불현듯 죄인 아닌 죄인이 되고 맙니다.

안전선──안에서
만난 사람들

·

·

　　　　　　서현이가 입원한 M병원은 무엇보다 시
설의 쾌적함으로 저를 놀라게 했습니다. (무려 사이키 조명을 갖춘)
노래방에 탁구대를 포함한 운동시설은 물론 작은 도서관도 운영
중인 데다, 환자들은 음악이나 미술 수업에도 편하게 참여할 수
있더군요. '정신병원 폐쇄 병동' 하면 떠오를 법한 상상 속의 공
간과는 많이 달랐습니다.

　그렇지만 콘도처럼 편리한 부대시설을 갖췄다고 해도 이곳은
엄연히 정신질환을 치료하는 병원입니다. 면회시간은 하루 두
번, 직계가족만으로 제한되고, 입장할 때는 (상황에 따라서 기분이
나쁠 만큼) 개인 소지품 검사를 철저히 합니다. 휴대용 칼이나 날
카로운 샤프, 병에 든 음료, 떡(김밥은 됩니다) 등등은 반입이 되지

않습니다. 환자들이 지켜야 할 규칙도 당연히 타 과에 비하면 엄격한 편입니다. 휴대폰 사용은 예외적인 경우를 제외하면 자유지만, 노트북, 태블릿 PC 등의 개인 전자기기는 사용이 제한됩니다. 서현이는 학교 기말고사 과제에 필요하다는 사유서를 제출하고 미리 맡겨놓은 노트북을 하루 2~3시간 정도 사용할 수 있었습니다.

병동에서 만난 환자들은 대체로 생기발랄하고 여유도 있어 보입니다. 그렇지만 당연히 치료가 절실한 분들입니다. 술에 취해 기절한 뒤 깨어보니 정신병동이더라는 '세상 사람 좋은' 남자분, 자주 환청을 듣지만 아이들을 위해서라도 빨리 낫고 싶다는 두 아이의 엄마, 복학을 앞두고 자살을 시도했던 20대 초반의 청년, 퇴원 당일 자해한 끝에 다시 병동으로 돌아온 역시 20대 초반의 여성, 끊임없이 아무나 붙잡고 혼잣말을 하는 여학생, 극심한 우울증과 섭식장애에 시달리는 일본인 여성, 그리고 제 딸 서현이. 정신질환이 육체적 질병만큼 흔하다는 사실이 이곳에선 피부에 닿은 듯 선명하게 느껴집니다.

M병원 2층에 있는 정신과 병동으로 매일 두 번씩 출근하면서, 제가 두 번째로 놀란 것은, 제 마음의 이중성입니다. "우리 딸 정신과에 입원했어"라고 말하는 것은 팔이 부러졌거나 맹장염에 걸렸다고 말할 때와는 조금 다른 마음가짐이 필요하더군요. 기대

되는 답변도 당연히 달랐습니다. 상황이 이렇다 보니 감정적 공감이 가능한 사람과 아닌 사람을 구분 짓고 간혹 거짓말도 하게 됩니다. 서현이는 (제 앞에 누가 있느냐에 따라) 심한 우울증으로 폐쇄 병동에 머무는 딸이었다가, 팔을 심하게 다쳐 정형외과에 입원 치료 중인 딸로 탈바꿈합니다. 그럴 때마다 저는 마음이 불편합니다. 딸의 질환을 빌미로 한순간에 어리석은 '사람 감별사'가 되어버렸으니까요.

정신과 선생님들과 보호자 면담을 할 때도 저는 어색하기 짝이 없는 행동을 했습니다. 매번 질문자의 의도를 정확히 이해하고 올바른 답을 내놓으려는 제 모습은, 뭐랄까요 '정상인 코스프레'를 하는 것 같았다고 할까요? 병원에 갈 때는 되도록 말쑥한 옷차림을 하거나 평소보다 상냥한 말투를 쓰려고 애썼습니다. 도대체 왜 그러는 걸까요?

그즈음의 일입니다. 동네에서 이웃들과 이 얘기, 저 얘기를 나누던 중에 부끄럽지만 잠시 다른 사람들의 '뒷담화'를 하게 됐습니다.

"(아파트) 4층 아줌마는 쓰레기를 종량제 봉투에 넣지 않고 그냥 버리다 자주 걸린다네."

"○○ 아버지는 친구들과 골프 여행 갔다 삐져서 새벽에 혼자 차를 몰고 올라왔대."

"우리 동서가 우울증인데, 중학생 조카가 요즘 자해를 해서 온

40

집안이 난리가 났어."

그런데 누군가 무심코 한 우울증 이야기에 따라붙는 후렴구가 제 목덜미를 뜨겁게 합니다.

"아이고, 조현병이네."

"미쳤구먼."

"자기 동서네 딸도 우울증 아니야?"

모두가 의사처럼 구는 건 그렇다 해도 증상에 상관없이 진단이 말이 안 되게 엉터리입니다. 누가 듣더라도 성격이 조금 까칠한 정도인데, 말끝마다 정신병자네, 우울증이네 하고 추임새를 넣으니 이런 상황에서 "우리 딸이 진짜 우울증이어서 아는데" 하는 소리는 절대 하고 싶지 않습니다.

연예인을 포함한 유명인사들이 우울증과 공황장애 경험담을 공유하기 시작하면서 정신건강에 관련한 인식이 많이 좋아졌다고 합니다.

그렇지만 현장에서 체감하는 현실은 솔직히 조금 다릅니다. 타인의 우울증은 진심으로 위로하지만, 내 자식이나 배우자 혹은 본인의 정신 문제는 여전히 피하고 싶고, 감추고 싶은 골칫거리일 뿐입니다. 성격이 조금 모났을 뿐인 타인들을 '정신병자'라고 싸잡는 것도, 사실 (나와 다르다고) 선을 그었기에 가능한 험담이라고 생각합니다.

남편과 저만 해도 서현이의 입원 사실을 시댁 식구 누구에게도 말하지 못했습니다. 걱정을 덜어드리려는 마음 한구석에, 서현이에 대한 '편견'을 만들기 싫어서입니다. 연로하신 부모님께 '마음의 감기' 같은 말을 해봐야 '제정신을 놓은' 손녀 때문에 상심하실 게 뻔하니까요. 딸의 우울증을 이해하는 건 생각보다 복잡하고 고통스러운 일입니다. 저 같은 평범한 부모 입장에서는 사회적 편견이나 주변의 수군거림까지 감당할 여력이 없다 보니, 정신질환에 대한 '따뜻한 시선'이 필요하다는 말이 공염불이 아니기를 새삼 바라게 됩니다.

국가대항 축구 시합이 열리던 밤, 서현이는 병동 식구들과 함께 모여 응원의 시간을 가졌다고 합니다. 누군가 장만해놓은 뻥튀기를 나눠 먹으면서 말이지요. 모두 저마다의 질환을 치료하기 위해 모인 이들인데, 옹기종기 모였을 땐 그저 사랑방 이웃일 뿐이라고 서현이는 말합니다.

솔직히 제가 딸의 우울증을 조금 편안하게 받아들일 수 있게 된 건, 병동에서 만난 환자분들 덕분이기도 합니다. 물론, 정신과 병동에 고작 3주간 출입했다고 정신질환에 대한 크나큰 인식변화나 식견이 생겼을 리 없지요. 그렇지만 제 마음속의 편견을 조금이나마 내려놓는 계기는 된 것 같습니다. 사회에서 존경받고, 누구나 닮고 싶은 유명인들도 걸려 넘어지는 질환인 걸 떠나서, 우울증은 나와 별로 다르지 않은 이웃, 친구 같은 사람들이 걸리는 '흔한 감기'라는 생각을 실제로 하게 됐으니까요. 감기가 낙인이 아닌 것처럼, 우울증도 치료해야 할 질환일 뿐입니다.

퇴원, ———
다시 집으로

.
.

입원 3주째에 접어들었을 때, '자가격리' 생활에 별 불만이 없던 서현이도 살짝 좀이 쑤신 듯했습니다. 노래방에서 가끔 시간을 함께 보내던 또래 두 명이 퇴원하고 나니 더 그랬습니다. 엄마와 함께하는 시간도 마냥 좋은 건 아닌 눈치입니다. 하긴 영화며 책 이야기, 누군가의 뒷담화는 물론, 실없는 수다까지 시시콜콜 나눴지만 재미가 지속되진 않았습니다. 또 좀처럼 늘지 않는 탁구며 체스도 그 무렵엔 땡감 맛이었습니다. 하루 4시간 동안 한정된 공간에서 할 수 있는 일은 참 거기서 거기더군요. 나름대로 죽느냐 사느냐의 커다란 문제를 부여잡고 왔는데, 끝의 싱거움이 다행이라면 그나마 다행입니다.

입원 생활이 보름을 넘길 무렵 의사 선생님은 하룻밤 외박을 권하셨습니다. 환경의 변화를 미리 경험한 뒤, 서현이의 적응도를 살피자는 거였지요. 만 24시간 외박에 나선 서현이는 진단서를 제출하기 위해 학교에 들렀고, 남는 시간엔 손님 없는 극장에서 저와 함께 영화를 보았습니다. 날씨가 점차 더워지고 있었지만 서현이는 극구 긴소매 옷을 고집하더군요. 손목에서 팔꿈치까지 동여맨 붕대가 아무래도 마음에 걸렸던가 봅니다. 환자복일 땐 몰랐습니다. 사복을 입으니 몸에서 덜어진 6kg이 크게 다가옵니다. 제 눈엔 저래서 걷기나 하겠나 싶은데, 딸은 가벼워서 날아가겠답니다.

한 달여의 입원 생활을 마치고 퇴원하던 날, 주치의 선생님과 다시 마주 앉았습니다. 선생님은 현재 서현이가 뚜렷한 조증이 나타나지 않는 상태이기에 최종 진단명을 (양극성 장애가 아닌) 우울증으로 본다고 하셨습니다. 그리고 앞으로 어떤 태도로 우울증을 대해야 하는지 말씀하셨습니다.

"학교에 복학하고, 상담을 마무리하고, 약물을 끊어도 평온한 상태가 유지되는지 꾸준히 지켜봐야 합니다. 우울증의 원인을 전부 알 순 없지만, 약물을 통해 안정적인 상태를 유지하는 건 얼마든지 가능합니다."

선생님은 우울증이 언제든 재발하는 면역 없는 질병이니 섣불리 약을 끊어서는 안 된다고 특히 강조하시더군요. 서현이는 주치의 선생님과 2주에 한 번, 전공의 선생님과 1주에 한 번씩 만나는 약속을 뒤로하고 병원 문을 나섰습니다. 의료진은 물론, 환자들도 모두 내 편 같던 병원을 떠나 집으로 가려니, 어쩐지 고립 낙원에 발 딛는 기분이 들었습니다.

병원에서 집으로 단번에 공간 이동을 하고 싶지 않은 데다 퇴원도 기념할 겸, 서현이가 좋아하는 중국집에 들렀습니다. 병원에선 먹는 거라면 그리 질색하더니 어쩐 일로 마라샹궈와 탕수육에 밥까지 시키더니 모두 먹겠노라 큰소리를 치더군요. 저는 맵고, 짜고, 시고, 달콤한 인생의 맛을 다섯 배쯤 부풀려놓은 듯한 북경식 볶음요리에서 건두부를 꺼내 딸에게 건넸습니다. 그리고 마치 주문처럼 간절한 마음을 담아 말했습니다.

"서현아, 이거 먹고 다시는 그런 데 입원하지 말자."

오랫동안 자취를 해왔던 서현이는 가족과 함께 생활하는 공간으로 돌아왔습니다. 서현이는 어떤 기분이었을까요? 미리 동의를 구하긴 했지만, 동의하지 않았어도 어떻게든 서현이를 집으로 데려왔을 겁니다.

퇴원하면서 받아 든 서현이의 진단서를 꼼꼼히 다시 들여다봅니다. 우울증은 혼자 찾아오지 않았습니다. 상세 불명의 철 결핍 빈혈(D509), 불안 상태(F411) 외에도 서너 가지의 질환들이 복병처럼 함께 매복 중입니다.

딸을 힘들게 하는 골칫거리들을 진공청소기로 싹 쓸어버리고 싶습니다. 우울증은 이래저래 고약합니다. 도대체 언제 시작되고 언제 끝날지 모를 '깜깜이' 질병인 것도 그렇습니다. 전문가도 완치를 선언하기 어렵고 본인도 '종결'을 주장하기 어렵습니다. 언제 끝날지 모를 딸의 '병가'를 맞아 불안 반, 결기 반의 마음으로 배수진을 쳐 봅니다. 다 잘될 거라는 최면 한 스푼이 필요한, 그런 날이었습니다.

병원에 있었던 날들은

지구로부터 멀리 떨어진 곳에

숨어 있는 듯한 기분이었다.

거의 아무 일도 일어나지 않아서 마음이 놓였다.

나처럼 아픈 사람들이 함께 있는 그곳이 좋았다.

할 수만 있다면 학교로부터, 집으로부터,

그리고 사람들로부터 멀어져 있고 싶었다.

멀리, 더 멀리.

2장
:
아주 오래된 미래,
딸의 발자취

기억의 실타래를 여기저기 건드려 풀다 보면,
서현이의 이야기가 어디서, 어떻게 시작되었는지
실마리를 찾을 수 있을까요?

불안에 대한 ─────
민감도가 높은 아이

.

.

　　스물넷, 서현이의 행복과 불행을 타인
이 규정할 수는 없습니다. 아니 본인에게 "서현아, 넌 행복하니?"
라고 물어봐도 "그때그때 달라요" 정도의 대답을 듣게 될 겁니다.

　그래도 엄마인 제가 주제넘게 짚어보면, 서현이는 평균 이상
의 환경에서 인생을 시작했습니다. 일단 건강한 아이로 태어났
고, 양가에서 첫 아이였기에 조부모의 사랑도 아낌없이 받았으
며, 부모도 아주 글러 먹진 않았다고 생각합니다(물론 주관적인 의
견입니다). 어쨌든 불굴의 의지로 스스로 운명을 극복해야 하는,
열악한 배경은 아니었던 겁니다.

　환경적인 문제라면, 글쎄요 '엄마와의 잦은 마찰과 그로 인해
파생된 문제점'이 떠오릅니다. 어떤 '마찰'이 있었고, 그로 인해

얼마나 많은 문제가 '파생'되었는지 짚는 건 쉽지 않습니다. 세상의 많은 엄마와 딸들이 겪을 법한 흔한 문제라면 좋겠지만 그러기엔 '찔리는' 기억이 조금 많습니다.

서현이의 성정은 딱히 모났거나 남다르거나 하지 않습니다. 다만 제가 둘째, 셋째를 키우면서 알게 된 사실은 서현이가 불안에 대한 민감도가 매우 높다는 정도입니다. 서현이는 갓난아기일 때부터 애착 관계를 형성한 사물에 대한 의존이 컸는데, 육아 필수품이었던 공갈 젖꼭지는 물론이고 특정 담요나 빨간색 낡은 스웨터 없이는 외출하지 않거나 잠들지 못한 시기가 길었습니다. 결국, 빨지 못한 (빨면 귀신같이 알고 울었습니다) 스웨터 때문에 얼굴에 울긋불긋한 발진이 계속된 뒤에야 어렵사리 '애정템'들을 떼놓았고요.

원래부터 불안 심리가 높았던 서현이가 자신의 주 양육자와 예상치 못하게 분리될 때, '분리불안 장애'로 나아갈 확률은 당연히 높았겠지요. 서현이가 태어나기 한 달 전에 직장을 그만뒀던 저는 출산 후 다시 회사에 복귀했다가, 둘째가 태어나기 전 몇 개월, 다시 둘째가 태어난 뒤 얼마간, 일터에 복귀하고 주저앉기를 수차례 반복했습니다.

아이를 양육하는 환경이 전업주부와 '직장맘' 중 어느 쪽이 나은지를 따지는 건, 형편없고 소모적인 논쟁입니다. 그렇지만 엄마의 일관성 없는 들고남이 서현이에게 정서적 혼란을 주었을 거란 예측은 가능합니다.

서현이의 불안감이 도드라지기 시작한 때는 둘째가 태어나기 전후였습니다. 눈에 띄는 퇴행 현상은 없었지만, 매사에 고집이 세지고 울면 멈추지 않는 일이 빈번했습니다. 어린이집에 보낼 무렵에는 하루도 쉽게 넘어가는 날이 없었습니다. 어느 날은 묶은 머리가 맘에 들지 않아서, 어느 날은 옷이 더러워서, 또 어느 날은 뭔가의 위치가 맘에 들지 않아서 울고불고 나가려 하지 않는 날들의 연속이었습니다. 머리 묶기에 지쳐버린 제가 서현이의 머리를 짧디짧게 깎아놓은 적도 있는데(홧김에 제가 자른 건 아니고 미용실에서), 그때의 사진을 보면 어린 딸에게 못 할 짓을 한 듯해서 마음이 덜컥 내려앉았습니다.

그 밖에도 서현이는 자라면서 매번 다른 이유로 불안 증상을 보여 저를 당황하게 만들었습니다. 한동안은 밤마다 집안에서 이상한 소리가 들린다며 보채는 통에 세 아이의 육아에 지친 제가 식겁하기도 했습니다. 밤마다 서현이에게 집안 구석구석을 직접 보여주고 창문이 얼마나 잘 잠겼는지 확인시키다 제풀에 화를 내는 경우도 많았고요.

한번은 이런 일이 있었습니다. 서현이가 일곱 살, 둘째가 네 살, 막내가 한 살 때입니다. 그날의 기억이 선명한 이유는, 셋째가 태어나고 마을버스로 이동하는 것이 힘들어진 제가 자동차를 운전하기 시작한 얼마 뒤의 일이기 때문입니다.

동네 맥도날드에라도 가려면 마을버스를 타고 대여섯 정거장쯤 가야 하는 외진 동네에 살던 때였습니다. 맥도날드에는 첫째, 둘째가 놀 만한 조그만 놀이터가 있었기에 시간 보내기에 좋았습니다.

구체적인 상황은 잘 기억나지 않지만, 막내가 기저귀에 응가를 했고 막 기저귀를 뗀 둘째가 어쩐 일로 옷에 '실수'를 했다고 하겠습니다. 일단 집으로 가서 해결하자는 마음이 앞선 저는 서둘러 아이 셋을 차에 태웠을 겁니다. 불안한 운전실력 때문에 잔뜩 신경이 곤두선 채로 말이지요. 그때 서현이가 갑자기 예상치 못한 일로 울며 고집을 피우는 겁니다. 서툰 운전 때문에 표정이나 몸짓으로 경고를 보낼 수 없던 저는 말로써 위협의 수위를 높였고, 일곱 살 서현이는 히스테릭한 울음으로 맞섰지요. 차가 신호에 걸렸을 때 참다못한 저는 분별 있는 엄마라면 절대 하지 말아야 할 한마디를 뱉고 말았습니다.

"너, 내려!"

보통의 아이라면 "엄마, 잘못했어" 하며 끝냈을 법한데, 서현이는 그대로 차 문을 열고 내린 뒤, 자동차의 진행 방향과 반대로 뛰어가더군요. 그때 저는 어찌나 놀랐던지, 일단 차를 어디에 어떻게 세워야 할지도 몰랐고, 막상 차를 갓길(당시에는 갓길이 뭔지도 몰랐습니다)에 안전하게 세운다 해도 네 살과 한 살 어린아이들을 그대로 차에 두고 서현이를 쫓기도 난감했습니다. 다행히 어찌어찌 차를 세워 서현이를 향해 죽기 살기로 뛰었고, 눈물 콧물 범벅이 된 서현이의 손목을 잡아채서 끌다시피 차로 돌아왔지요.

사진처럼 선명한 감정이라 지금도 떠오를 만큼 저는 그때 서현이가 미웠습니다. 일곱 살 된 딸이 밉다고 어떻게 그렇게까지 감정을 못 추슬렀는지 돌이켜보면 부끄럽지만, 그땐 진심으로 그랬습니다.

한참 시간이 흘러 때때로 그때 서현이의 입장이 되어 생각해 봅니다. 사실, 일곱 살이면 어려도 한참 어린 나이입니다. 자신보다 어린 동생을 한 명도 아니고 두 명이나 돌보기는 무리였을 텐데, 저는 은연중에 서현이가 의젓한 맏이의 역할을 해주길 기대했나 봅니다. 가뜩이나 불안에 대한 민감도가 높은 데다, 엄마와의 잦은 분리로 힘들었을 일곱 살 서현이에게 동생 돌보기라는 강도 높은 숙제까지 던진 꼴입니다. 서현이 입장에선 말도 못 하게 억울했을 겁니다. '생떼'와 '반항'은 일곱 살 나이에 걸맞은 반응이었을 거고요.

요즘 친정엄마를 병원에 모셔 드리며 오가는 길에 가끔, 서현이가 차에서 뛰쳐 내려 달려가던 그 장소를 지납니다. 그럴 때마다 마음이 '쿵' 하고 내려앉습니다. 그때 매몰차게 서현이의 손목을 잡아끄는 대신 달래며 안아줬더라면 어땠을까요? 어린 딸의 불안한 마음이 조금은 진정되지 않았을까요?

56

'지금 알았던 걸 그때도 알았다면' 좋았겠지만, 이미 가지 못한 길이 되고 말았습니다.

어릴 때는 엄마가 무섭게 느껴진 적이 많았고,

엄마에게 하고 싶은 말을 제대로 못 했다.

가장 두려운 건,

나는 엄마가 원하는 모습의 딸이 아니라는 사실이었다.

구름, 인형, 숨어 있기 좋은 나만의 방,

그리고 또 폭신하고 따뜻한 뭔가가 필요했다.

두 번의 왕따와
─── 전학

·
·

　　　　　　　사랑하는 아이를 학교에 보내면서 부모들이 제일 걱정하는 것은 무엇일까요? 안전, 성적, 친구, 선생님 기타 등등 모든 게 걱정의 도가니지만, 그중에서도 왕따를 당하는 것만큼 두려운 일이 없을 것입니다. 아이가 혼자 밥을 먹고, 혼자 집에 오고, 심지어 누구와도 그룹 활동을 할 수 없는 곤란에 처했다면 이건 정말 왕창 망한 느낌일 겁니다.

　서현이는 제가 알기로 두 번, 학내 왕따를 경험했습니다. 처음 그런 일을 겪은 건 초등학교 3학년 때입니다. 여름방학이 되기 한참 전의 일이니 학기 초였습니다. 서현이는 반 아이들이 자신을 바이러스라고 놀린다고 했습니다.

　저의 첫 반응은 굼뜨게도 "엥? 그럴 리가" 정도였습니다. 왜냐면 서현이는 이웃 엄마들로부터 '우리 학교에 진짜 예쁜 아이가 있다던데 알고 보니 서현이'더라는 소리를 듣곤 했으니까요. 그 말을 전부 믿고 으쓱한 건 아니지만, 듣기에 부끄러운 것도 없었습니다. 공부도 잘했고, 예의범절도 준수했기에 서현이가 그런 놀림을 받으리라곤 꿈에도 생각하지 않았습니다.

"네가 왜?"라는 반응 자체가 사실, '왕따는 당할 만한 애가 당한다'라는 왜곡된 고정관념의 반영이니, 저는 이래저래 참 모자란 엄마입니다.

처음 '바이러스' 얘기를 꺼낸 얼마 후, 서현이는 급기야 학교에 가기 싫다고 했습니다. 같은 반의 남자아이 한 명이 자신을 놀리는 글을 반 홈페이지에 계속 올린다는 겁니다. 저는 그제서야 문제의 심각성을 알았습니다. 서현이와 함께 본 홈페이지 속에는 '바이러스 피하는 법'에 대한 글들이 깨알처럼 박혀 있었습니다. 정말 믿을 수 없을 만큼이었습니다.

학내 사이버 폭력을 심각한 문제로 보는 요즘이라면 달랐을지 몰라도, 지금부터 15년 전에는 불행히도 그렇지가 않았습니다. 문제의 남학생 엄마에게 전화로 '간곡히' 부탁하는 게 고작 제가 할 수 있는 해결책이었으니까요. 학교 홈피에 절대 비방글을 못 올리게 하겠다는 답변을 들었지만, 일이 제 기대대로 되지는 않았습니다. 여름방학이 끝날 무렵, 반 홈피에는 '서현 바이러스'의 컴백을 알리는 '디데이'가 기록되는 중이었으니까요.

2학기가 시작된 첫날, 저는 서현이에게 "학교 가기 무서우면 안 가도 좋다"라고 말했지만, 대안이 있었던 건 아닙니다. 서현이가 놀림과 따돌림의 화살을 따갑게 맞을 때, 엄마인 저는 방패 노릇은커녕 발만 동동 굴렀습니다.

결국, 문제의 심각성을 뒤늦게 안 담임 선생님이 주동자, 공모자, 가담자(까지 색출하니 거의 반 전체) 전부를 크게 훈계했고, 그 뒤 어찌 된 일인지 집단적인 놀림은 차츰 잦아들었습니다. 5월에 시작해 10월이 지나서야 잦아든 전염병인 셈이니, 열 살 꼬맹이가 견디기에는 너무 오랜 수모였던 겁니다.

서현이는 그 후, 더는 큰 문제 없이 초등학교 시절을 보냈습니다. 시험을 못 봤다는 이유로 가방을 통째로 버리고 반나절쯤 잠적하는 일이 한 번 있었는데, 아마 6학년 때였을 겁니다. 저는 서현이가 사춘기에 접어드는 거로 생각했습니다. '질풍노도의 시작이군' 하고 말이지요.

중학생이 된 서현이는 질풍노도의 말뜻 그대로, 몹시 빠르고 무섭게 변화의 소용돌이를 맞았습니다. 학기 초부터 함께 어울렸던 친구들 사이에서 '튕겨 나온' 게 시작이었습니다. 수학여행을 다녀온 날, 이불 속에서 오랫동안 나오지 않는 서현이에게 저는 무슨 일이 있냐고 물었습니다. 서현이는 "친구들이랑 싸웠어"라고 하더니 이불을 뒤집어쓴 채 오랫동안 웅숭그리더군요.

그날부터 서현이는 학교에서 내리 혼자였습니다. 학교 성적은 그대로 곤두박질쳤고 그 때문에 제가 큰소리를 내는 날들도 점점 많아졌습니다.

혼자 생활하기에 학교라는 공간은 턱없이 넓고, 보내야 할 시간은 지루하게 길었을 겁니다. 그러다 서현이는 반에서 친구 없이 떠돌던 S와 연대를 맺습니다. 반 엄마들이 S는 절대 어울려선 안 되는 아이라고 제게 선심 쓰듯 말해주었지만, 저는 어쩔 수 없다고 생각했습니다. 점심시간에 함께 밥을 먹고, 수행평가를 준비할 친구가 생긴 건데 뭐가 문제이랴 싶었습니다. 그런데 문제가 생기니 정말로 곧 문제더군요.

S는 시도 때도 없이 서현이를 불러냈고, 함께 뭔가를 궁리하곤 했는데 그때마다 크고 작은 일들이 터졌습니다. 한번은 담임 선생님이 "부모님이 학교에 오셔야 할 것 같습니다"라고 집으로 전화를 걸어왔습니다. 서현이와 S가 함께 같은 반 여자아이의 사물함에 커터칼에서 분리한 칼날 여러 개를 던져놓는 사건이 일어난 겁니다. 익명의 협박성 메모도 함께였다고 했습니다. 말문이 막혔습니다. 저는 모든 일이 엄마인 제 불찰이라며 이유 여하를 막론하고 선생님께 진심으로 사죄했습니다.

그 사건으로 반에서 서현이와 S의 설 자리는 더 좁아졌고, 설상가상 둘은 하루가 멀다고 싸우는 날이 잦았습니다. 서현이는 어느 날엔 "다시는 S와 놀지 않겠어"라고 했다가, 다른 날에는 "S가 화장과 머리 손질을 해주었어"라며 생판 달라진 모습으로 뒤늦게 귀가하기도 했습니다.

선생님으로부터 다시 전화가 걸려온 건 2학기가 시작되고 얼마 되지 않아서였습니다. 학교 수업이 끝나고 S가 교무실로 선생님을 찾아와서는, 서현이가 자신을 마구 때렸다고 했답니다. S의 말을 믿진 않지만, 진위를 확인해야 하니 서현이와 학교에 오라는 거였습니다.

학교에서 이미 S와 전쟁을 치르고 온 서현이는 저의 다그침에 감정을 폭발시키며 자기 몸의 상처를 보여주었습니다. 여기저기 할퀴고 꼬집힌 상처가 잔뜩 묻었더군요.

"S가 자기랑 같이 안 놀면 가만 안 둔대. 엄마는 걔가 오늘 나한테 무슨 욕을 했는지 들어도 모를걸."

네, 실제로 저는 문제의 욕을 전해 듣고 이해하는 데 시간이 좀 걸렸습니다. 한평생 들어본 가장 기괴하고 무서운, 20자를 넘지 않는 그 욕은 정말 세상에 다시 없을 모욕이었습니다. 그 길로 이사를 결심했고, 두 달 만에 실행에 옮겼습니다. 전학 가는 날 선생님은 제게 "S는 정신과 치료가 필요한 아이"라고 말씀하시더군요. 대꾸하지 않았습니다. 짐을 챙겨 나오는 서현이를 따라 나온 S가 꾸깃꾸깃한 쪽지 한 장을 제 앞에서 건네더군요.

서현이는 "그동안 미안했어. 전학 가서 잘 지내"라는 글이 담긴 메모지를 나중에 저에게 보여주었습니다.

서현이가 S의 이야기를 제게 다시 꺼낸 건, 정신과 병동에 입원했을 때였습니다.

"엄마, S 기억나지?"

"당근 기억나지."

"걔가 자기랑 안 놀면 나 이상하게 나온 사진, 친구들한테 다 보여준다고 했어."

"그게 그렇게 무섭던?"

"그때는 무섭더라고."

"엄마……."

"얘기해."

"난 그때, 무슨 일이 벌어지는지도 잘 몰랐어."

정체성이 제대로 형성되기 전에 겪은 '어떤' 일들은 이후의 삶을 규정하고, 변화시키고, 때때로 왜곡시키는 결과를 낳기도 합니다. 집단 따돌림, 즉 왕따를 경험한 아이들은, 당연한 이야기지만 학교 적응에 어려움을 겪고, 우울, 불안, 그리고 낮은 자존감 등의 부정적 감정을 경험한다지요. 우울증 때문에 서현이가 겪는 정서적 문제도 이것과 별반 다르지 않습니다.

서현이는 다른 사람에게 자신이 어떻게 보이는지 언제나 과도하게 신경 쓰고, 주변 사람들과 자기 사이의 틈을 감지하고, 불안해하곤 합니다. 서현이의 이런 성격이 어디서 시작됐는지 한 가지로 설명할 수는 없지만, 학창 시절의 부정적 경험이 영향을 주었다고 추측할 수는 있지요. '왕따'는 누군가의 삶을 원치 않는 곳으로 던져버리는 끔찍하고도 못된 일입니다. 서현이가 사막 같은 곳에서 혼자 길을 잃고 헤맬 때, 저는 엄마로서 아무런 도움도 주지 못했다는 사실이 지금도 믿기지 않습니다. 학교생활에 그토록 큰 곤란을 겪는 딸에게 저는 왜 그렇게 무능한 엄마여야 했을까요?

숨기 좋은 방에서
보낸 —— 한철

　　　　　　　"엄마, 나는 이제 어떡하면 친구들하고
잘 지낼지 알 거 같아."

　"어떡하면 되는데?"

　"무조건 착해 보여야 해."

　이것 참, 손으로 뜬구름 때려잡는 소리입니다. '네가 친절한 금
자 씨라도 되냐?'고 되묻고 싶었지만 그만두었습니다. 태어나서
13년 살던 동네를 떠나 전학을 하게 된 서현이 역시 마음이 편치
않았을 겁니다. 본인의 결심대로 착해 보였는지 어쨌는지, 새로
전학한 학교에서 서현이는 왕따 문제에 얽히지 않았고, 더는 다
른 사건 사고도 일으키지 않았습니다. 다만 한 그룹에 속해 있기
는 하지만 그중 연결고리가 가장 약한 아이였다고 할까요. 이를

테면 화장실이나 매점에 갈 때 자석처럼 붙어 다니는 단짝 친구를 사귀었다는 얘기는 좀처럼 듣지 못했습니다.

서현이가 선택한 동전의 앞면이 착함이라면, 뒷면은 독특함, 개성, 어쩌면 4차원적인 성향을 버무린 또 다른 본성일 겁니다. 학교라는 조직 속에서 서현이는 점점 동전의 앞면만 보이는 아이가 되어갔습니다. 또래 아이들과 공유하기 껄끄러운 본인만의 취향이나 관심사는 뒷면에 슬쩍 감추고서 말입니다.

예를 들면, 일본 만화책 수집, 순정만화 그리기, 혹은 TV 특수 촬영물(파워레인저) 보기에 관한 취미는 누가 뭐래도 일급비밀입니다. 제가 멋모르고 친구들 앞에서 자신의 취향을 들추면 '무슨 말인지 모르겠다는 듯' 스리슬쩍 넘깁니다. 그런데 일찍이 뉴턴이 먼저 말해버렸지만, 모든 작용에는 크기는 같고 방향은 반대인 반작용이 존재하기 마련입니다. 서현이는 이 무렵부터, 바로 그 반작용에 맞춤한 아주 새로운 취미에 몰두합니다.

어느 날, 서현이는 여느 만화책의 주인공이 들었던 조그만 칼을 장만했습니다. 신당동 어딘가에 있는 가게를 물어물어 찾아가 샀다는데, 꽤 오랫동안 보물단지처럼 모셔 놓더군요. 그걸 시작으로 추레해 보이는 '추리닝'을 한정판이라고 사고, 잠옷인지 겉옷인지 모를 캐릭터 옷을 사고, 빨, 주, 노, 초 등등 색깔 요란한 가발들을 사고 또 사더군요. 그때 서현이 한 달 용돈이 2만 원쯤 됐는데, 가발 한 세트에 7만 원 이상이란 말에 놀랐던 기억이 납니다. 보통 일이 아니었지만, 저는 가볍게 넘기려 했습니다. 마음 둘 곳이 필요한 모양이라 생각했지요.

그런데 어느 날 밤, 새벽 2시쯤인가요, 얼핏 잠이 깨 거실로 나왔는데 서현이 방에 불이 켜져 있는 겁니다. 노크했더니 들어오지 말랍니다. 서현이가 황급하게 대답하는 것에 놀라 문을 열려고 하는데 안에서 막아서니 열리지 않습니다. 이쯤이면 저도 포기할 수 없죠. 오기 반, 의심 반으로 사력을 다해 문을 밀어 열었습니다.

그때 서현이 방에 서 있던 아이가 어떤 만화에 등장하는 주인공인지 저는 모릅니다. 다만 머리부터 발끝까지 다른 옷, 다른 얼굴, 다른 머리카락, 심지어 다른 눈동자로 서 있는 아이가 제 딸인 걸 알아보는 데 정말 한참 걸렸습니다.

"나가!"

수치심과 분노가 뒤섞인 듯한 목소리로 서현이가 짧게 말하더군요. 그러나 저는 조용히 나오지 않았습니다. "엄마가 너 때문에" 얼마나 억장이 무너지는지 숨기지 않았고, 암울한 미래에 대한 훈계를 서슬 퍼렇게 늘어놓다가 도무지 반응이 없어 제풀에 지친 뒤에야 나왔습니다. 가끔 하라는 공부는 안 하고 딴짓만 일삼는 아이들을 야단칠 때, "야, 도대체 너는 뭐가 되려고 그러냐?"라는 소리를 하게 됩니다. 이때 서현이를 지켜보는 제 마음이 딱 그랬습니다.

쇼핑중독에 빠진 것도 아닌데, 하루가 멀다며 '캐리캐리 체인지', '원피스', '점프' 등등의 만화책을 사 들고 들어오는 서현이를 한심하게 쳐다보는 걸 굳이 숨기려 하지 않았습니다. 도무지 '뭐가 될지 모르겠는' 딸을 두통 유발자처럼 취급한 겁니다.

서현이는 서현이대로 말이 통하지 않는 엄마를 피해 자신만의 세계를 점점 더 음지로 끌고 내려갔습니다. 만화책으로 시작된 수집 취미는 각종 피규어, 가발, 브로마이드, 포스터 등등으로 지치지도 않고 가지를 뻗었고요.

시험 때가 되면 엄마와 딸의 다툼 소리는 담장을 넘기 일쑤였습니다. 싸움 끝에 현관문을 박차고 나간 서현이는 지하철이 끊길 시간에도 돌아오지 않거나, 전화기를 꺼놓는 일이 잦았습니다. 화가 걱정으로 바뀐 뒤에도 나타나지 않는 딸 때문에 저는 거리를 배회하는 날이 함께 많아졌습니다.

이 무렵, 서현이는 숙제든 시험이든 수행평가 준비든 전혀 안중에 없었습니다. 중학교 3학년 무렵에는 그나마 더 떨어질 성적도 남지 않았지요. 가방 속에서 슬쩍 꺼내본 시험지에는 정답 대신 만화 주인공의 그림만 덩그러니 그려져 있곤 했습니다.

서현이는 '남에게 보이는 모습'과 '자신이 원하는 모습' 사이에 모종의 틈이 있는 아이입니다. 자신의 성정을 동전의 앞면과 뒷면으로 나눠놓고 지킬 박사와 하이드처럼 고통받았다고 할까요. '양쪽의 나'가 통합되어야 비로소 건강한 자아가 완성되는 건데, 누군가에겐 당연한 그 일이 서현이에겐 쉽지 않았던 모양입니다.

자신만의 숨어 있기 좋은 방을 만들기 위해 '가산을 탕진하고, 성적을 말아먹고, 엄마와 드잡이한' 서현이는 고3이 되자 자연스레 그 세계에서 발을 뗐습니다. 그렇다고 그곳에서 보낸 한철이 단지 추억 속에만 남은 건 아닙니다. 서현이의 그림 세계엔 형형색색의 가발과 알록달록 예쁜 옷을 입은 '불량 공주'들이 자주 출몰합니다. '어디서 본 듯' 낯이 익지요. 현실과 현실 아닌 세계가 서현이의 그림 속에서는 사이좋게 어우러집니다. 마치 콩깍지 속의 콩인 것처럼.

지난해였던가요. 서현이는 오랫동안 애지중지 모아왔던 만화책과 서랍장에 밀도 있게 접어 넣어둔 가발이며 피규어, 장신구들을 버려도 좋다고 비로소 허락하더군요. 중고로 팔면 돈이 좀 될 거라고 아쉬움을 보였지만, 저는 못 들은 척 그냥 쓸어버렸습니다. 행여라도 빨, 주, 노, 초록색의 가발을 받아 쥐고 놀랄 누군가의 엄마가 걱정돼서는 아니고, 그 물건들은 그저 한 시절의 희미한 추억 정도로 남길 바랐기 때문입니다.

엄마가 나를 도와준 만큼

잘 자라지 못한 것 같아서 미안하고, 두렵다.

그렇지만, 나는 새벽 2시에 내 방문을 여는 엄마가 싫었다.

내 실패와 성공을 엄마의 것으로 생각하는

그 부적절한 마음이 싫었다.

엄마와 내게 부족한 것은 사랑하는 마음이 아니라,

서로가 서로에게 알맞은 선을 긋는 일이었다.

어디까지가 엄마이고 어디까지가 나인지 모른 채

함께 녹아내리는 대신 우리는 선을 그어야 했다.

서로의 삶을 더 존중하기 위해서.

그럼에도, 그리는 일을
멈춘 적은 ── 없다

.
.

　　　　　　　　중학교 1학년 가을, 갓 전학했을 무렵,
전교 100등이 목표라던 서현이는 중학교를 졸업할 때까지 한 번
도 목표에 근접하지 못했습니다. 공부에 관해서 그녀는 여러 번
저를 불신 지옥에 빠트리고 마는데, 수학 공부를 포기하겠다는
폭탄선언도 그랬습니다.

　중학교 2학년 때였을 겁니다. 서현이가 수학 공부만 안 하게
해주면 다른 과목 공부는 훨씬 잘할 수 있다고 고집을 피우더군
요. 물론 제가 듣기엔 어림없는 꼼수일 뿐이었지요. 수학만 포기
안 하면 다른 과목은 나중에라도 어떻게 해볼 수 있지만, 수학을
포기하는 건 다 포기하는 거라며 제가 어르고 달랬지만, 듣지 않
았습니다. 인생의 불행이 수학 공부에서 오기라도 하는 듯 구는

서현이를 어떤 방법으로도 말릴 수 없었고요.

그 시절, 서현이는 세상과 담을 쌓은 채 고집불통이 되어 자신만의 세계에 숨어들기 바빴습니다. 어렵게 시작한 엄마와 딸의 대화도 둘 중 누군가 떨어뜨린 폭탄으로 일촉즉발이 되기 일쑤였습니다. 수학을 버리고 다른 과목을 구하겠노라는 서현이의 플랜 B는 당연히 실패로 돌아갔습니다.

서현이는 어려서부터 책 읽기를 좋아했기에 국어 성적만큼은 언제나 좋았습니다. 본인도 자존심이 걸린 듯, 시험 때마다 국어 만큼은 열심히 공부했고요. 언젠가 한번은 국어 시험에서 100점을 맞아 '서현이 기 살리기'의 호재를 맞은 저와 남편이 흥분의 도가니에 빠진 적도 있었지요. 그런데 중간시험과 기말시험에서 다 선전했으니 국어 등급만큼은 높을 거라는 기대는, 말 그대로 '개뿔'이었습니다. 40점 만점의 수행평가에서 어떻게 하면 서현이처럼 바닥에 가까운 점수를 받을 수 있는지 성적표를 보면서도 믿을 수가 없더군요. 그 와중에 수학은 찍기도 귀찮았는지, 정말 맑고 깨끗하게 빵점이었고요.

중학교 3학년이 되었을 때, 서현이는 학교 선생님에게는 그저 '공부 못하는 아이'였습니다. 진로에 대한 꿈과 희망은, 이보다 더 낮을 수 없는 성적으로 인해 물거품이 되어갔습니다. 친구의 사물함에 칼날을 던져놓는 대신, 이제 서현이는 칼끝을 자신에게 겨누고 멍청한 짓을 일삼기 시작했습니다.

어려서부터 시력이 좋지 않았던 서현이는 일찍부터 안경을 썼는데, 렌즈 압축을 네 번까지 해도 눈이 핑 도는 것처럼 보일 정도입니다. 그런데도 안경 쓰기를 거부합니다. 외모에 신경 쓸 나이가 된 겁니다. "학교에서 절대 안경을 벗지 말라"는 저의 당부는 단칼에 자르고, 현관문을 나서기 무섭게 안경을 벗습니다. 안경을 쓰지 않는 건 "얼굴을 향해 날아오는 야구공을 눈 뜨고 쳐다보는 격"이라고 안과 선생님이 경고했지만, 서현이에게는 한쪽 귀로 들어가 다른 쪽 귀로 나오는 이야기일 뿐이었습니다. 안구 손상이 그나마 적다는 하드 렌즈는 시도 때도 없이 잃어버려 포기했고요. 일회용 렌즈로 바꿔보았지만, 컬러렌즈의 세계에 빠져버린 서현이는 이마저도 던져버렸습니다.

결국, 몇 번인가 각막염을 앓던 끝에 각막궤양에 이르고 말았는데, 그대로 두면 시력을 잃을 수 있다는 의사 선생님의 엄중한 경고도 무시한 채, 서현이는 컬러렌즈를 품에 안고 바람처럼 달려가곤 하더군요. '타인에게 보여주고 싶은 자신의 모습'을 만들기 위해서는 불길 속도 마다하지 않는 서현이는 정말 어느 별에서 온 아이였던가요.

중학교 3학년 학기 초에 상담하러 학교에 갔을 때, 서현이의 생활기록부를 한참 들여다보시던 담임 선생님이 "일반 고등학교 진학은 문제없을 거"라고 말씀하셔서 저는 위로 대신 충격을 받았습니다. 성적이 아무리 나쁘기로 집 근처 고등학교 진학을 걱정해야 할지 몰랐기 때문입니다. 그런데 생각해보면, 반쯤은 장님인 눈으로 학교에 가서 잠을 자고, 점심시간쯤 깨서 화장하고 컬러렌즈를 끼고, 수업이 끝나면 이곳저곳 기웃거리다 집에 오는 생활을 반복하는데 성적이 좋을 리 없는 건 당연했습니다.

중학 3년을 건성으로 보낸 서현이가 고등학생이 되어서도 똑같이 보내면 안 될 거 같았습니다. 상황을 반전시킬 신의 한 수가 절실했습니다. 그러다 문득 생각했습니다.

'꼭 일반 학교에 진학할 필요가 있을까?'

서현이는 초등학교 때부터 그림 그리기를 좋아했고, 학교 시험을 볼 때는 문제를 풀고 답을 찾는 대신 시험지 곳곳에 그림 그리기에 바빴던 아이입니다. 그러니 예술고등학교에 진학하는 게 대안이 될 것 같았습니다. 적어도 대학 입시라는 피라미드의 맨 아래 칸에서 3년 내내 바둥거리는 수모는 겪지 않아도 될 테니까요. 좋아하는 그림이나 실컷 그리면서 말이지요.

그런데 제 생각은 반만 맞고 반은 틀렸더군요. 행복은 성적순이 아닐지 몰라도 학교만큼은 성적순이 틀림없었으니까요. 특성화고, 마이스터고, 거점 고, 중점 고를 낱알 훑듯 자세히 살펴보았지만, 서현이의 성적으로 뚫을 수 있는 학교는 거의 없었습니다. 어찌 보면 당연한 일입니다. 학교로서는 기왕이면 공부도 잘하고, 그림도 잘 그리는 아이를 뽑고 싶을 테니까요. 서현이가 입시를 준비하면서 귀에 못이 박히게 들었던 말 역시 '성적은 학교를 결정하고, 실기력은 당락을 결정한다'입니다. 그렇다 해도, 그림에 대한 열정이나 가능성이 우선이 되지 못하는 현실에는 조금 좌절했습니다. 공부 못하는 아이가 설 자리는 이곳에서도 피라미드의 바닥 칸이요, 열차의 꼬리 칸일 뿐이었습니다.

서현이는 자신의 성적으로 갈 수 있는 예술고등학교가 거의 없다는 걸 알았지만, 예고 입시의 막차에 올라타는 걸 주저하지 않았습니다. 중학교 3학년 여름방학에는 아침 9시부터 밤 10시까지 미술학원에서 살다시피 했는데, 평생 처음으로 결석이나 지각없이 다닌 학원이 아닐까 싶습니다.

나름대로 최선을 다해 노력했지만, 결과는 미끄럼이었습니다. 합격권 내신이 가장 낮은 축에 드는 학교를 지원했는데도 그랬습니다. 막상 합격했어도 이사하지 않고는 못 다닐 학교였으니 좋게 생각하면 다행이었지요. 결과를 확인한 서현이는 넓게 펴진 이불에 온몸을 뚤뚤 말더니 아주아주 오랫동안 그 안에서 나오지 않더군요.

예고 입시에서 미끄럼을 탄 서현이는 그 후로 오랫동안 실패와 포기와 체념 그리고 우울함이 한통속으로 돌아가는 날들을 보내게 됩니다. 그렇지만 그리는 일을 멈춘 적은 없습니다. 비록 예술고등학교 도전은 실패로 끝났지만, 하고 싶은 일을 찾았다는 점이 수확이라면 커다란 수확이었습니다.

저는 일류가 되고 싶은
생각이 ——— 없는데요

　　　　　　　　고등학생이 된 서현이는 여전히 저와 냉정과 열정 사이를 오갔습니다. 저는 서현이의 일탈을 반항으로 규정하고 바로잡기 위해 죽을힘을 다했고, 서현이는 엄마의 탄압이 자신을 어떻게 망가뜨리는지 증명하고 말겠다는 듯 거칠게 굴었습니다. 그런 상태로 서현이가 고등학교 2학년이 되었을 때, 서로 탄압하고 반항하며 보내기에는 시간이 너무 없다는 데 암묵적인 합의가 이루어졌습니다. 대학 입시가 코앞으로 다가왔기 때문입니다.

　딱히 대학 진학이 목표였던 건 아닙니다. 다만, 그림 그리는 일 말고는 별다른 취미도 특기도 없는 서현이가 어느 곳에도 소속되지 못한 채 스무 살이 되는 상황이 저는 걱정스러웠습니다. 서현이도 비슷한 심정이었을 것입니다.

서현이와 저는 몇 가지 현실적인 계획을 세웠습니다. 일단 수학은 도저히 손써볼 도리가 없기에 그냥 포기했습니다. 미대 입시는 수학이 필요 없거나 중요하지 않은 경우가 많아서 가능한 결정이었습니다. 학원 숙제를 너끈히 감당할 서현이가 아니었기에, 최대한 학생 수가 적고 시쳇말로 '빡세지 않은' 국어 학원에 수강신청을 했고, 영어는 공부방을 선택했습니다. 학원 수업을 따라갈 수준이 못 되었기 때문입니다.

그때 영어 공부방 선생님이 꽤 독특한 분이었는데, 처음 보는 서현이에게 "네가 일류가 돼야 일류의 사람을 만나며 살 수 있다"라고 딴에는 힘주어 동기부여를 하시더군요.

"저는 일류가 되고 싶은 생각이 없는데요."

뜬금없이 자기 의견을 밝힌 서현이 때문에 놀랄 새도 없이, 선생님이 기다렸다는 듯 맞받으셨고요.

"얘, 네가 일류가 돼서 그렇게 살지 말지를 선택하는 거랑 일류가 못 돼서 이류 삼류로 사는 게 같냐? 같아? 일단 공부는 하고 보자, 응?"

가볍게 눙치며 훅 들어오는 선생님의 화법에, 서현이는 더는 말을 보태지 않았습니다. 생각해보면 '일류 말고 무엇이 되고 싶은지' 서현이의 진심을 이해하고 수용하는 데는 그 후로도 많은 시간이 필요했습니다.

서현이는 주중에는 미술학원에서 그림을 그리고, 주말에는 국어, 영어 학원 수업을 번갈아 받았는데, 학업별 온도 차가 선명했습니다. 미술학원에서는 하루 4시간의 수업을 무난히 견뎠지만, 영어 공부방에 다녀올 때는 불만의 흙먼지가 뿌옇게 날렸습니다. 결국, 공부방은 학원으로 바뀌었고, 다시 또 다른 학원으로 줄기차게 퐁당거렸지만, 어떤 선생님도 서현이를 공부 잘하는 아이로 바꿔놓지는 못하더군요. 당연합니다. 초등학생이 아니고서야 엄마나 선생님이 대신해주는 공부는 한계가 불 보듯 뻔합니다.

간혹, 주변에서 아이들 공부를 본인 공부로 착각하고 매달리는 엄마들을 보게 됩니다. 제가 생각하기에 엄마가 대신해주는 공부는 초등학교 때가 한계인 것 같습니다. 중고등학생 무렵부터는 소위 '자기주도학습'이 되지 않고서는 제아무리 좋은 선생님, 똑소리 나는 엄마가 있어도 백약이 무효입니다. 아이 셋을 키우며 보아 왔던 주변 아이들 전부가 그랬습니다. 나중에는 선무당이 사람 잡는다고, 눈빛만 봐도 공부할 아이인지 아닌지 저도 금방 알겠더군요. 불행히도 서현이 때는 저도 학부모 노릇이 처음이라 시행착오를 좀 많이 겪긴 했지만요.

"엄마가 내 공부에 너무 매달려서 힘들었어. 초등학교 때 내가 집을 나간 것도, 힘들다고 하면 엄마가 다른 집이랑 비교하면서 입을 막아버리니까 그랬던 거야."

현재의 서현이는 "엄마가 도와주는 공부가 사실 말이 돼?"라며 담담히 묻습니다. 백번 맞는 말이지만, 그때의 저는 어떻게든 발등의 불을 끄고 싶은 마음이었습니다.

수시 원서를 접수할 시기가 되었을 때 서현이는 입시를 위해 신중한 결정을 내려야 했습니다. 우리나라 입시는 보통 수시모집 6개 전형, 정시모집 3개 전형에 응시할 수 있습니다. 총 아홉 번의 도전 기회가 있는 셈입니다. 여기에 한국예술종합학교를 포함한다면 열 번을 채울 수도 있습니다.

세상 모든 일이 그렇듯 입시에도 전략과 전술이 필요합니다. 미대 입시는 수능 공부 외에 실기시험이라는 복병이 있기에, 두 토끼를 함께 쫓는 일은 벅찰 수도 있습니다. 가령, 미대 수시의 경우 평소 생활기록부와 내신 관리가 잘 되어 있다면 서울대, 홍익대, 이화여대 등의 학교 문을 두드려볼 수 있습니다. 공부보다 실기에 더 자신이 있으면 경희대, 한양대, 과학기술대 등의 실기 위주 전형을 노려볼 만하겠지요.

그런데 내신은 '폭망'이요, 생활기록부는 답이 없고, 실기도 신의 손이라기엔 2% 부족한 서현이에게 손에 잡힐 만한 수시전형은 매의 눈으로 찾아봐도 없었습니다. 그나마 현실적인 대안이 실기 100% 전형에 도전하는 건데, 이게 말이 쉽지 그야말로 로또 전형입니다. 경쟁률이 최고 100대 1을 넘기도 하니, 이쪽도 저쪽도 여물지 못한 서현이에게는 철의 장벽이었습니다.

결국, 이런 이유로 여름 내내 미술학원에서 살다시피 해야 하는 수시는 깨끗이 포기했습니다. 정시 가, 나, 다군에 주력하기로 전략을 세운 겁니다.

수능까지 2개월 남짓 남았을 때, 서현이의 영어 모의고사 성적은 완전히 바닥을 찍었습니다. 이대로는 원하는 어느 학교도 갈 수 없겠다 싶을 즈음, 서현이가 남은 기간만 과외든 학원이든 다녀보겠다고 청해왔습니다. 고등학교 3학년 막바지에 아이가 해보겠다는데 못 해줄 일은 없더군요. 속는 셈 치고 버리는 셈 치고, 다시 한번 학원을 수소문했습니다.

막바지에는 미술학원도 쉬면서 뒤처진 공부에 매달렸지요. 저의 냉정한 눈으로 판단했을 때, 서현이가 스스로 벼락 맞은 듯 달라지지 않는 한 수능을 다시 치르는 건 불가능해 보였습니다. 재수는 없으니, 입시에 실패하면 미련 없이 다른 가능성을 찾으라고 본인에게 여러 차례 못을 박았지요. 그렇게 수능 당일이 되었습니다.

처음이자 마지막 대학 입시를 치르고 나온 서현이는 차 안에서 채점하기에 바빴습니다. 추운 날씨로 곱은 손이 긴장하여 떨리는 게 눈에 보이더군요. 아무렇지 않은 척해도 입시생에게 수능이란 인생 최대의 난제 중 하나인가 봅니다.

채점 결과는 기적적으로 좋았습니다. 국어, 영어 두 과목 모두 상위권의 점수를 받았습니다. 특히 영어는 3년 내내 치른 모의고사에서 거의 한 번도 받아보지 못한 점수였습니다. 그 정도 성적이면 지원한 세 학교 모두 도전해볼 만했습니다. 물론 실기시험이라는 높고 험한 산이 남긴 했지만 말입니다. 서현이가 운이 기차게 좋았는지 저도 모르는 '노오력'을 했는지는 지금 생각해도 알쏭달쏭합니다. 둘 다였다고 생각하기로 합니다.

언제나 이상한 나라에
떨어진 ─── 앨리스처럼

미술 입시를 준비하는 아이들에게 수능을 끝내고 실기시험을 치르기 전의 두 달여는 평생토록 그릴 그림을 몰아쳐 그리는 기간입니다. 아이들은 자신의 처지를 빗대어 "헬게이트가 열렸다"는 표현을 쓰더군요. 수능을 끝내고 딱 놀기 좋은 그때, 실기시험을 치르는 아이들은 미술학원에 고삐를 묶게 됩니다. 서현이도 수능 다음날 딱 하루를 쉬었을 뿐, 크리스마스고 새해 첫날이고 학원 일정이 잡혀 있었고요. 아침 9시부터 밤 10시까지 미어터지는 좁은 학원에서 도화지를 붙잡고 하루하루를 보냈습니다.

그런데 이 와중에 정말 어이없는 일이 생기고 맙니다. 서현이의 여러 돌발행동 중에 제가 가장 이해 안 되는 게 있다면, 일의 완성을 코앞에 두고 포기해버리는 성향입니다. 가던 길로 그대로 걸어가면 바로 결승선인데, 서현이는 이유 없이 멈출 때가 있습니다. 왜냐고 물어보아도 본인 역시 뾰족한 답변을 내놓지 못하는 경우가 많습니다.

이번에도 그랬습니다. 갑자기 미술학원을 그만두겠다는 겁니다. 지평선 끝자락에서 가물거리던 합격의 꿈이 현실로 바뀌려는 순간인데, 날벼락도 이런 날벼락이 없었습니다.

서현이가 미술학원을 그만두겠다며 잠수에 든 날은, 공교롭게도 수능점수가 발표되기 하루 전날이었습니다. 학원 선생님은 (서현이가) 수능점수를 뻥튀기한 나머지 불안한 마음에 그만두는 게 아니냐고 예측했지만, 수능 당일 채점을 함께한 제 생각에 그건 아닐 것 같았습니다.

서현이가 얼버무린 이유는 "자신이 없어서"였는데, 그렇게 자신 없다던 수능도 무사히 치른 마당에 내놓은 답변으로는 궁색하기만 했습니다. 실제로 손에 쥔 수능점수 역시 예상했던 대로 좋았고요.

서현이와 저는 오랜 세월 각각 선택과 통제라는 무기로 핑퐁 게임을 해왔던 것 같습니다. 서현이는 결단의 순간마다 선택권이 자신에게 있다는 걸 시위라도 하듯 충동적인 결정을 내리곤 했습니다. 선택의 옳고 그름은 다음 문제입니다. 저는 서현이의 선택을 못 미더워하며 통제하려 듭니다. 제가 끼어드는 게 못마땅한 서현이는 즉각 뾰족하게 날이 선 반응을 보이고요. 이쯤이면 이치와 잘잘못은 뒷전이 되고, 서로 간의 기 싸움만 남게 됩니다.

미술학원을 그만두겠다는 서현이를 저는 용서할 수도, 이해할 수도 없었습니다. 4년여를, 아니 혼자 끄적이던 시간을 생각하면 인생의 반 이상을 그림과 함께했는데, 하필 입시를 한 달 앞둔 시점에서 포기라니요. 그야말로 고지가 바로 저기인데 말이지요. 할 수만 있다면 족쇄를 채워서라도 학원에 보내고 싶었고 실제로 그렇게 했습니다. 절대 가지 않겠다는 아이를 어르고 달래고 협박해서 제 차에 납치하듯 구겨 넣은 채 학원으로 내달린 적이 한두 번이 아닙니다.

소용없는 일이었습니다. 학원 문 앞에서 도망치고, 점심시간에 사라지고, 그리라는 그림은 뒷전인 학생을 참아주는 데 선생님도 한계가 있었을 겁니다. 결국, 서현이의 물감 일체를 학원 밖에 내놓았으니 찾아가시라는 학원 선생님의 전화를 받게 됐습니다. 지푸라기라도 잡는 심정으로 다른 학원을 찾아다녔지만, 입시가 코앞인데 뜨내기 학생을 받아줄 학원은 없었고요. 서현이의 고집역시 꺾이지 않았습니다. 저 혼자 '정신줄'을 놓다시피 하고 이리저리 뛰어다닌 셈입니다.

그날로 집에 들어앉은 서현이는 입으론 실기시험을 치르지 않겠다고 했지만, 다행히 그림을 포기하진 않았습니다. 실기시험과

가능하면 비슷한 조건으로 하루에 5시간씩 스스로 정한 주제대로 그림을 그렸으니까요. 결과적으로 선생님과 저의 성화에 눈과 귀를 막은 채, 혼자 그림에 매진한 서현이의 판단이 옳았습니다. '너 죽고 나 죽자' 싶게 격한 심정이었던 저는, 말없이 붓질에 몰두하는 서현이를 보며 조금씩 마음이 누그러졌습니다. 그리고 정시 가군 입시를 하루 앞둔 날, 미술학원 선생님으로부터 긴 카톡이 날아왔습니다.

낙오된 서현이를 보듬지 못한 스승으로서의 안타까움, 서현이 그림의 장단점, 그리고 실기시험을 치를 때 주의할 점과 준비물 등이 꼼꼼히 적혀 있더군요. 한 아이를 키우는 데 온 마을이 필요하다더니, 그 말의 숨은 뜻을 알 것 같았습니다.

입시의 결과는 책 앞부분에 썼던 대로입니다. 합격자 발표가 예정시간보다 빨리 이루어진다고 들었기에, 저는 서현이 몰래 수도 없이 새로고침 버튼을 눌렀습니다. 가슴이 그렇게 큰소리로 뛸 수 있다는 사실에 놀랐고, 마침내 합격 메시지가 화면에 떴을 때는 안도의 기쁨이 밀려왔습니다. 학원까지 그만두고 속이 까매졌을 서현이 역시 모처럼 환한 얼굴로 행복한 비명을 질렀고요. 고등학교 문을 나선 뒤 갈 곳 없는 상황만 면해도 다행이다 싶었는데, 본인이 원해서 지원한 학교에 전부 합격했으니, 그 기쁨은 말로 표현하기 어려웠을 겁니다.

서현이는 언제 어디서나 자신 없는 듯, 머뭇거리는 아이였습니다. 설령, 문제의 답을 알 때라도 결코 손을 들지 않는 아이라고 할까요. 늘 이상한 나라에 떨어진 앨리스 같던 서현이가 드디어 맞춤한 상황을 찾은 거라고 저는 생각했습니다. 저와의 전쟁 같은 시간도 이로써 막을 내릴 거라 믿었고요. 대학이란 넓은 바다에 닿은 서현이가 씩씩하게 노를 저으며 나아가길 바랐습니다. 힘들게 지나온 지난 시간에 대한 보상으로 말이지요. 그런데 돌이켜보면 그건 방황의 끝이거나 끝의 시작도 아니었습니다. 서현이의 삶에 변수가 되고 황폐함을 가져오는 총성은 이제 저로부터 멀리에서 들려오게 되더군요.

엄마, 나 여기가
어딘지 —— 모르겠어

아침에 학교 간다고 집을 나선 서현이가 "엄마, 나 여기가 어딘지 모르겠어"라는 카톡을 보냈기에 놀랐습니다. 보이스피싱이 아니고서야, 지하철 3호선에서 순환선으로 갈아타고 가는 통학 길을 어떻게 모를 수가 있을까요? 대학생 새내기가 된 지 거의 한 달이 지났는데 말입니다. 전화를 걸어보았지만 받지 않더니 한참 뒤에 연락이 왔습니다. 중간에 속이 안 좋아서 내렸는데 다시 타려니 어디가 어딘지 모르겠답니다. 합정역이라는데, 대학생씩이나 된 녀석이 어떻게 이렇게 융통성이 없나 싶어 정 모르겠거든 물어서 타라고 하고는 전화를 끊었습니다. 그러고도 걱정돼서 카톡을 했더니 '타긴 탔는데 반대 방향 지하철을 타서 다시 내린다'라는 답이 왔습니다.

이미 학교에 도착해야 마땅할 시간이니 지각은 불 보듯 뻔합니다. 처음에는 학교에 가기 싫어서 일부러 그러는 거라고 넘겨짚었습니다. 한 번쯤이야 그냥 넘어갈 수 있을 텐데, 그 뒤로 비슷한 일이 잊을 만하면 다시 되풀이되었습니다.

"엄마, 지하철 ○○역인데, 잠깐 내렸다가 화장실에 갔는데 지갑을 두고 왔어. 잃어버린 것 같아."

"지하철에 사람이 너무 많아서 내려서 택시 타고 가는 중인데, 길이 막혀서 학교 늦겠는데?"

제 속을 뒤집으려고 작정을 했는지, 굳이 묻지도 않은 이야기를 문자로 날려 보내는 통에 저는 아침부터 속을 태우는 날들이 점점 늘었습니다. 대학생이 되면 좀 나아지려나 했더니, 오히려 더 '갈지 자'의 횡보를 보이는 날들이더군요. 그때가 1학년 학기 초였는데, 5월쯤이 되자 학교에 가라고 깨워도 아예 일어나지 않는 날들이 많았습니다. 어렵사리 집을 나서는 서현이의 차림새도 눈에 띄게 엉망이 되어갔고요.

한껏 멋을 부린 차림에 컬러렌즈까지 장착하고서야 방문을 열던 서현이는 오간 데 없고, 자던 모습 그대로 뛰쳐나가는 날들이 늘었습니다. 학교에 가지 않을 게 불 보듯 뻔합니다. 나름의 계산으로 수업이 끝날 때쯤 귀가하곤 했지만, 저에게도 (엄마니까) 촉이란 게 있지요. 대체로 그런 날들엔 동네 찜질방에서 시간을 보낸다는 걸 눈치채긴 어렵지 않았습니다.

오래전 서현이와 치고받고 싸울 만큼 불신의 골이 깊었을 때, "너랑 나랑 정신과에 가서 상담이라도 좀 받아보자"라고 한 적이 있었습니다. 그런데 이 무렵이야말로 병원에 가야 할 때 같았습니다. 혼자만의 시간을 위해 밤에 깨어 있던 고등학생 서현이가 차라리 건강했던 겁니다.

이즈음의 서현이는 새벽에 방문을 열어보면 흐리멍덩한 눈으로 무기력하게 책상에 가만 앉았을 때가 많았습니다. 예전엔 "서현이 좀 이상하지 않아?"라고 물으면 "얘들이 다 그렇지. 나도 저 나이 땐 그랬어"라는 말로 저를 안심시키던 남편도 이때쯤엔 뭔가 잘못됐다고 느끼는 눈치였습니다.

2016년 6월의 어느 날, 서현이와 함께 동네 정신과 의원을 찾았습니다. 엄마와 딸은 따로따로 선생님과 길게 면담 시간을 가졌고, 만만치 않은 분량의 조사지를 받아들고 집으로 돌아왔습니다. 서현이는 "엄마, 나 ADHD(주의력 결핍 과잉 행동 증후군) 아닐까?"라고 했지만, 진단명은 우울증과 공황장애였습니다. 우울증은 어느 정도 예상했지만, 공황장애라니 솔직히 낯설었습니다. 지하철에서 중간에 자꾸 내리고, 뭔가를 잃어버리고, 방향감각을 상실해서 오가도 못했던 이유가 공황장애 때문이었던 겁니다.

공황장애는 뚜렷한 근거나 이유 없이 갑자기 극심한 공포와 불안을 느끼는 공황 발작이 반복되는 것(위키피디아)을 말합니다. 공황장애를 앓는 사람들 가운데 30~70%가 우울증을 경험한다고 하니, 두 질환의 연관성이 거의 합병증 수준으로 높은 셈입니다. 서현이는, 심리평가 보고서에 의하면 "상당히 예민하여 사소한 자극에도 쉽게 긴장하며 불안감을 경험하는 한편, 만성적으로 우울"한 상태였습니다.

이때 치료가 성공적으로 이루어졌다면 3년 뒤 '죽기로 결심한' 서현이를 마주하는 일은 없었을까요? 답은 알 수 없지만, 결과적으로 그때의 치료는 실패로 돌아갔습니다. 뒤에 자세히 언급하겠지만, 일단 상담 선생님과 궁합이 맞지 않았습니다. 아니, 서로 간에 믿음과 신뢰를 쌓을 새도 없이 선생님이 바뀌거나, 서현이 쪽에서 거부하는 일들이 툭툭 불거지며 상담의 흐름이 자주 끊겼습니다. 약물치료 역시 효과를 내기도 전에 복약이 흐지부지되었고요.

나아지려는 본인의 의지가 부족했던 점도 치료를 어렵게 했을 겁니다. 의사와의 상담시간이나 약 먹는 타이밍을 서현이는 매번 기억하지 못했습니다. 서현이가 그처럼 우유부단했던 것도, 실은 '의지'를 무력하게 부숴놓는 우울증 탓이기도 할 겁니다. 결국, 서현이는 대학생이 된 첫해를 학교와 병원 문밖을 서성이며 말 그대로 우울하게 보냈습니다. 스무 살이 되고, 대학생이 되면 다 괜찮을 줄 알았는데, 전혀 괜찮지 않은 날들이었습니다.

한동안 죽음에 대한 공포가 늘 나를 따라다녔다.

지하철이나 버스, 택시를 타면

가슴이 뛰었고, 무서웠고, 내리지 않으면 죽을 것 같았다.

어디를 가든 늘 죽음에 대한 생각이 나를 쫓아왔다.

나는 도망갈 곳이 필요했다.

엄마, 매일매일
실패해서 ── 미안해

　"그냥 학교 가는 게 싫었어. 대학은 가고 싶었는데 가서 뭘 하고 싶은지는 미처 생각을 못 해서 말이야. 그리고 중고등학생 때 엄마한테 너무 끌려다닌 것 같아서, 대학생이 되고는 내 맘대로 하고 싶기도 했어."

　현재의 서현이가 이런 말을 하며 멋쩍게 웃습니다. 낮 밤이 바뀌어서 학교에 못 간 게 아니고, 학교 가기 싫어서 낮 밤을 바꿔 산 거라네요. 물론 다 믿기는 어려운 말이지만, 서현이는 학교를 싫어한 만큼 공부도 싫었는지 1학년 1, 2학기 학점을 그야말로 깨끗이 말아 먹었습니다.

　친하게 지낸 몇 명의 동기들이 우연인지 모두 학교 주변에서 자취 중이었는데, 서현이는 학교 근처에 방을 얻어주면 마음잡고 공부하겠다고 하더군요. 무작정 반대하기는 어려웠습니다. 집이 있는 일산에서 학교까지 거의 두 시간이 걸리는 데다, 공황장애까지 있으니 매번 지하철을 이용하기도 힘들기 때문입니다.

저와의 관계도 고려했습니다. 이제 어른이 된 딸이니 마냥 '하라 말라' 간섭할 수도 없고, 그러기도 싫은데 막상 얼굴을 보면 잔소린지 걱정인지 야단인지 모를 말들이 쏟아져 나옵니다. 어쩌다 서로 부딪칠 때마다 마음이 '와장창' 깨지니 기진맥진할 때가 한두 번이 아니었습니다. '창과 방패의 모순' 같은 싸움이 힘에 부쳤기에, 저와 딸은 휴전을 위해 잠시 떨어져 지내는 데 암묵적인 동의를 했지요.

둘이 함께 집을 보러 다니고, 침대며 냄비며 접시를 고를 때는 좋았습니다. 하지만 서현이의 자취 생활은 기대만큼 순조롭지 않았습니다. 20년 만에 바뀐 생활방식이 흙먼지를 불렀고, 치료되지 못한 우울증이 폭풍우를 일으켰으며, 어긋난 교우관계가 비바람을 몰고 왔다고 쓰겠습니다. 서현이는 시꺼먼 회오리바람에 몸을 싣고 보란 듯 저 멀리 날아갔고요. 서현이가 처음으로 문신을 하던 날, 길거리에서 크게 다퉜던 기억이 납니다.

"뭐? 가슴 한가운데에 문신을 한다고?"

평생 '보통'으로 살아온 제 눈에 서현이의 행동은 튀어도 너무 튀어 보였습니다.

"그냥 내 몸이니까 내 맘대로 할 거고, 평생 안 지워져도 괜찮

아. 아니, 안 지워져서 좋아."

"또 할 거냐?"는 저의 질문엔 "지금은 아니지만 언젠가는"이라고 말하더군요. 그냥 하고 싶어서 했고, 후회도 자신이 안고 가겠다는 말엔 입을 다물고 말았습니다. 서현이가 제 마음을 아프게 한 사건들은 이후로도 계속됐습니다.

어느 날, 새벽 2시쯤 카톡이 들어옵니다.

"너무 우울해."

끝! 그다음부터는 카톡을 해도 읽지 않고 전화도 받지 않습니다. 저는 걱정스러운 마음에 다음날 자취방을 찾아가 함께 밥을 먹습니다. 손목 사이에 그어진, 울긋불긋한 선은 긴 옷으로 가려도 한눈에 보입니다. 딸의 마음이 진정된 걸 확인한 뒤에도 발걸음이 쉽게 떨어지질 않습니다.

작은 신경전이 말다툼으로 바뀌기도 합니다. 그 끝에 서현이는 매몰찬 카톡으로 쐐기를 박습니다.

"부르지도 말고, 없는 애라고 생각하고 살아. 그게 서로 제일 편할 것 같아."

어느 날엔 모처럼 (사건 사고 없이) 즐겁게 카톡을 하는 중인데 '알 수 없음, 대화가 불가능한 사용자입니다'라는 메시지가 갑자기 뜹니다. 휴대폰 번호를 바꾼 겁니다. 사람과의 관계에 '새로고침'을 하는 것도 아니고, 어떻게 그렇게 손바닥 뒤집듯 번호를 바꾸고 '잠수를 타는지' 이해가 되지 않았습니다.

그리고 왠지 모를 불안감이 먼지처럼 쌓이던 어느 날, 저는 오랫동안 전화도 받지 않고, 카톡도 읽지 않는 딸을 만나기 위해 자취방을 찾았습니다. 수업 중이어야 할 서현이가 오도카니 방에 앉았더군요. 학업을 계속하는 건 불가능해 보였습니다. 심리적 불안감이 극에 달한 서현이는 휴학 신청 마감일을 이틀 앞둔 그날, 휴학을 결정했습니다. 혼자 있을 시간을 달라는 서현이를 두고 돌아오는데 카톡이 날아오더군요.

"엄마, 매일매일 실패해서 미안해."

눈물 때문에 운전이 되지 않아 근처에 차를 세운 뒤, 답을 보냈습니다.

"괜찮아, 계속 실패하는 게 인생이야."

며칠 뒤, 서현이와 춘천으로 1박 2일 여행을 갔습니다. 호수 옆에 있는 특별하지 않은 숙소에 묵었는데, 서현이는 잠들기 전 똑같은 말을 한 백 번쯤 반복하더군요.

"걱정이 없으니까 너무 좋아. 침대가 뽀송뽀송해서 너무너무 좋아. 이런 데서 자면 나쁜 꿈 안 꿀 거 같아."

어렸을 때 있었던 일들 때문에 지금의 내가 만들어진 걸까?

언젠가부터 나는 실패만 하는 사람이 되었다.

나의 실패 때문에 사람들이 나에게 실망하게 되는 게 두려웠다.

아무도 나를 몰랐으면 하면서 동시에 사랑해줬으면 했다.

3장

:

따로 또 같이,
동행의 기술

"엄마, 매일 실패해서 미안해."
"네가 매일 실패해도 함께 갈게."

몹쓸 —— 뇌피셜과
빌어먹을 가스라이팅

　　　　　　　어느 정도 예상은 했지만, 병원에서 돌
아온 서현이와 하루하루를 함께 보내기란 쉽지 않았습니다. 보이
니까 근심 걱정이 덜하긴 했습니다. 심리적인 안정감이 있다고
할까요? 그런데 뭐랄까요, 원치 않게 생활의 리듬과 박자가 바뀜
으로써 생기는 어색함도 분명히 있었습니다.

　저는 전업주부입니다. 아이 셋에 강아지를 키웁니다. 아이들과
남편이 학교와 직장에 나가면 그제야 숨 돌릴 틈이 생깁니다. 아
이들 학교 갈 때가 엄마들 방학인 건데, 서현이가 집에 칩거하면
서 저는 방학이 없어진 겁니다.

　저만 그랬을까요? 서현이도 달라진 환경으로 힘든 건 같았겠
지요. 게으름과 지저분한 것을 무엇보다 싫어하는 엄마의 성정에

누구보다 민감한 서현입니다. 애써 방을 치우지만 어떻게 치워도 엄마 기준에는 미달일 거라 지레 풀이 죽습니다. 삼시 세끼에 관한 합의도 잘되지 않습니다. 서현이 입장에서는 식이요법이 제 눈에는 섭식장애입니다. 아침저녁 늘 체중계에 오르는 서현이는 불과 몇백 그램의 몸무게에 울고 웃습니다. 그러면 제 입에서는 걱정과 잔소리가 동시다발적으로 튑니다.

다이어트는 망국병이다, 네 몸을 있는 그대로 사랑해라, 근육량이 늘어 체중이 좀 늘었을 뿐일 거다, 몸무게는 한 계절에 한 번만 재면 된다……. 잘 알지도 못하면서 아는 척 들볶는 참견쟁이 엄마에게 서현이가 쏘아붙입니다.

"아, 그건 엄마 뇌피셜이고."

"뭐라고? 엄마 뇌가 어쨌다고?"

인터넷 신조어라는 '뇌피셜'은 자기 혼자만의 생각을 공식적이고 정확한 사실로 믿고 주장 혹은 전파하는 것을 말합니다.

서현이가 고개를 설레설레 내젓는 저의 몹쓸 습관 중에는 '가스라이팅'이란 것도 있습니다. 상대방의 심리나 상황을 교묘하게 조작해서, 정신적인 무기력을 유도하고 지배력을 행사하는 행위를 일컫는 심리학 용어라지요.

요컨대, 왜 이렇게 자도 자도 졸리는지 모르겠다는 서현이에게 "네 몸이 회복하느라 그런 거"라고 하면 뇌피셜이요, 서현이가 '공상과학영화와 판타지 중에 뭐 볼까'라고 물을 때, "엄만 둘

다 좋은데, 너, 저번에 비슷한 판타지 영화 보면서 싫어했잖아"라고 답하면 가스라이팅이 되는 식입니다.

퇴원하고 얼마 동안, 서현이와 저 사이에는 이런 문제로 신경을 건드리면 안 된다는 모종의 합의가 있었던 것 같습니다. 그렇지만 신경을 쓰다 보니 긴장하게 되고, 결국 팽팽하게 당겨진 줄 하나가 끊기는 일도 생깁니다. 모처럼 동생들 없이 남편과 함께 셋이 동행한 동네 치킨집에서 그랬습니다.

별것도 아닌 말(매일 머리를 감는 건 두피에 좋지 않다)에 서현이가 엄마는 매사에 뇌피셜이라며 짜증을 냅니다. 순간 자존심이 상해버린 제가 '예를 들어 보라'고 싸늘하게 맞받으며 퇴원 후 처음으로 감정싸움이 시작됐습니다. 서현이의 눈물 섞인 목소리가 점점 커지는가 싶더니, 순간 테이블을 쾅, 하고 내려치고는 바람처럼 나가버립니다. 주문한 치킨이 나오기도 전에 말이지요. 서현이의 무례함에 화가 치밀기에 앞서, 행여 격해진 마음에 나쁜 마음이라도 먹을까 봐, 저도 곧이어 의자를 박차고 따라나섰고요. 결국, 집 어귀 놀이터에서 서현이를 붙잡았습니다.

"나는 진짜, 지금은, 친구가 단 한 명도 없어. 옆에 있어 줄 사람은 엄마밖에 없는데, 엄마가 나 때문에 힘들어하다 어떻게 되기라도 하면…… 그러니까 좀 적당히 하라고…… 너무 애쓰지 말고……."

퇴원하고 줄곧 평정심을 유지하던 서현이가 압력장치에 고장이라도 난 듯 일순 감정을 폭발시킵니다. 딸을 위해서라는 변명 아닌 변명을 내세워 항시 '옳은 쪽'으로 바꿔놓으려는 제가 견디기 힘든 한편, 그런 제가 제풀에 나가떨어질까 봐 이중, 삼중고를 겪는 서현이의 불안한 마음이 어렴풋이 느껴지더군요. 딸과 엄마는 각기 다른 방식으로 서로의 안부를 걱정하고 있었나 봅니다.

서현이가 초등학교 저학년 때였을 겁니다. 피아노 레슨을 받는 아이들이 연주회장을 빌려 작은 음악회를 갖기로 했었지요. 서현이는 선생님과 곡목을 정해 오랫동안 진지하게 연습했습니다. 공연 일주일 전쯤으로 기억하는데요. 중간에 곡목을 한 번 바꿨던 서현이에게 제가 지나가는 말로 "엄마는 원래 치려고 했던 곡이 더 좋더라"라고 한 게 화근이었습니다. 서현이는 공연 당일, 생각보다 넓고 관객이 많던 무대 위에서 오른손으로는 연습했던 곡을, 왼손으로는 '원래 치려 했던 곡'의 반주를 연주했습니다. 선생님이 무대에 올라 저지할 때까지, 본인이 무슨 일을 하는지도 모른 채 말입니다. 나중에 선생님의 설명을 듣고서야 저도 서현이가 연주한 불협화음의 실체를 알았고요.

때로 궁금합니다. 제가 서현이를 양육한 방식과 딸의 우울증에는 얼마만큼의 상관관계가 있을까요? 양쪽의 인과관계가 생각보다 더 촘촘한 듯해 혼란스러울 때가 있습니다. 서현이가 먼저 자리를 뜬 놀이터 그네 위에서, 아무리 애써도 답을 낼 길 없는 문제 때문에 저는 조금 많이 울었던 것도 같습니다.

엄마가 원하는 완벽한 딸이 아닌 것 같다는

생각이 들 때 슬퍼진다.

어떻게든 엄마에게 맞춰보고 싶은데, 잘 안된다.

앞으로도 잘 안될 거라는 생각이 들면 더 슬퍼진다.

TV 드라마나 만화책, SNS에 몰입하게 된 건,

그 안에서는 내가 어떤 모습이어도

상관없기 때문이었을 것이다.

현재만이
선물 ── 입니다

·
·

『마시멜로 이야기』를 기억하시나요?
벌써 15년도 더 된 책이라니 놀랍습니다. 전체 내용은 몰라도(사
실 저도 모릅니다) 마시멜로가 책에서 어떤 의미로 쓰였는지는 많
은 분이 아실 겁니다. 스탠퍼드 대학의 심리학자가 아이들을 대
상으로 실험을 합니다. 혼자 있는 동안, 방에 있는 마시멜로를 먹
지 않고 참으면 나중에 한 개를 더 받지만, 먹어버리면 더 이상의
보상은 없습니다. 그리고 10년 후, 마시멜로를 단숨에 꿀꺽하지
않고 기다린 끝에 두 개를 손에 쥔 아이들이 더 날씬하고, 더 공
부를 잘하고, 더 성공했더라는 이야기입니다. 세상에는 정말이지
별 다양한 실험들이 있습니다. 재미있는 건 이후 원래 저자의 논
지를 흐리는 다양한 이론들이 파생된 것입니다.

'배고픈 아이와 그렇지 않은 아이의 차이'라는 주장은 왠지 그 럴듯합니다. 그러게요. 지금 한껏 배가 고픈데 어쩌란 말인가요? 불우한 환경에서 자란 아이 중 일부는 사람을 덜 신뢰하는 경향 이 있다는 가설도 있습니다. 제 생각에 이 가설은 '글쎄요'입니 다. 가령 언니와 동생이 사이좋게 실험에 참가했는데, 언니는 마 시멜로를 홀랑 먹어버리고, 동생은 두 개를 얻을 수도 있지 않을 까요? 같은 환경에서 자랐는데도 말입니다.

마시멜로의 해석은 다양하게 변주되지만, 변하지 않은 것도 있습니다. 미래에 어떤 장밋빛 청사진이 있든 말든, 서현이는 마 시멜로가 먹고 싶을 때 먹을 거라는 사실입니다. 15년 전에 제가 그 책을 처음 봤을 때도 그렇게 생각했고, 지금도 확신합니다.

돈으로 교환할 수 있는 '마시멜로'에 서현이는 특히 망설임이 없습니다. 사실 '지름신 강림'에 대책이 없기는 저 역시 마찬가지 입니다. 그렇지만 저는 감당 못 할 결과에 언제나 무방비한 서현 이를 절대 따라갈 수 없습니다. 뇌 속의 신경물질 전달 체계로 인 한 문제인지, 매사에 될 대로 되라는 식의 성향이 있는 것인지 그 건 모릅니다.

서현이의 소비패턴은 매번 엇비슷합니다. 어찌 보면 간단하 죠. 있으면 쓰고 없으면 쓰지 않습니다. 뭐가 문제냐고요? 서현이 가 대학에 입학할 무렵, 저는 서현이에게 통장과 도장을 주었습 니다. 서현이가 태어나던 해부터 모은 돈이 담긴 통장입니다. 세

뱃돈이며 크고 작은 행사 때마다 집안 어르신들이 서현이에게 쥐여준 돈과 각종 '봉투'들을 쓰지 않고 모았으니 제법 큰돈입니다. 서현이가 마시멜로를 어떻게 대하는지는 익히 알고 있었기에 돈 일부는 3년 만기 정기적금에 들어주었고요.

모으는 데 19년 걸렸는데, 쓰는 데는 1년이면 족하더군요. 다달이 용돈도 받고 틈틈이 아르바이트도 했지만, 서현이의 통장 잔고는 늘 밑 빠진 독처럼 메말라 있었습니다.

서현이는 도대체 어디에 그 돈을 썼을까요? 자세한 내막은 모르지만, 마파람에 게 눈 감추듯 큰돈을 탕진했으니 뭔가 깨달은 바가 있으면 좋을 텐데, 문제는 경험을 통해서 '쥐뿔'도 배우지 못하고 비슷한 실수를 반복하는 데 있습니다. 한 달 용돈을 받은 날로부터 돈이 바닥으로 스미는 건 정말 빛의 속도입니다. 자취할 무렵에는, 몇 날 며칠 밥을 굶다시피 한 적도 많았답니다. 정말 돈이 땡전 한 푼 없을 때는, 카카오톡 선물하기로 본인에게 편의점 이용권을 보내기도 했다니, 대견하다고 할 수도 없고 참으로 난감합니다.

저는 그런 서현이가 안쓰러워 학교 앞에서 만나 함께 밥을 먹고 용돈을 쥐여주기도 했습니다. 그렇다고 그 돈이 미래의 서현이를 위해 쓰이는 법은 당연히 없었습니다. 과거는 지나갔고 미래는 알 수 없으니, 서현이에게는 언제나 현재만이 선물인가 봅니다.

이런 무분별한 소비패턴이 얼마나 큰 문제인지는 불을 보듯 훤합니다. 가끔은 집에 올 차비도 없고, 인쇄소에서 과제물을 프린트할 돈도 없습니다. 아파서 병원에 갈 때도 대책이 없습니다. 제가 개입해야 하는 상황이 속출하는 겁니다.

서현이가 입원했을 때, 의사 선생님과 서현이의 소비패턴에 대해 상담할 기회가 있었습니다.

선생님은 "용돈은 서현이와 합의해서 정한 만큼만 주고, 더 이상의 금전적인 도움은 자제하는 게 맞다"라고 하시더군요. 돈을 건넬 때도 봉투에 곱게 담아서 준 돈과 지갑에서 꺼내어 내민 돈, 통장으로 입금해준 돈 등, 각각의 의미가 다르다고 덧붙이셨고요. 퇴원해서 돌아온 서현이와 이 문제에 대해 솔직하게 이야기 나누었습니다. 한 달에 한 번 주던 용돈을 주급으로 바꾸었고, 정해진 용돈 외에 더 이상의 지원은 어렵다고 못을 박았지요. 과소비를 막아보려는 제 나름의 방안이었습니다. 의사 선생님의 권고라는 말을 덧붙이니 서현이도 별말 없이 받아들이더군요.

예상대로 얼마 지나지 않아 서현이의 휴대폰은 정지상태가 됐고, 통장 잔액은 보기 좋게 바닥을 쳤습니다. 다행히 외출이 잦지 않아 굶어 죽을 걱정은 없었지만, 경제적인 궁색함이 딱해 보였습니다. 동전마저 소중한 '짠 내'의 순간들이 예상보다 빨리 찾아오더군요. 그런데 의사 선생님 말씀이 맞았습니다. 몇 달의 유예 끝에 미납요금을 내고 새 휴대폰을 손에 쥔 서현이의 얼굴에는 잠시나마 생기가 넘쳤습니다. 도와주지 못해 미안했다(선생님 핑계를 좀 댔습니다)는 저의 말에 서현이가 그러더군요. 엄마가 도와주지 않아서 좋았다고, 어른이 된 거 같았다고 말입니다.

요즘, 서현이는 방문 미술 선생님이 되어 용돈을 법니다. 월급날 즈음엔 주가가 상승하듯, 택배 물량이 가파르게 상승곡선을 그립니다. 하루 최고 일곱 개의 택배 상자가 들이닥친 적도 있습니다. 저는 잔소리를 늘어놓지만, 어쩌겠습니까. 본인이 벌어서 본인이 쓰는데요.

미래를 위해 마시멜로를 먹지 않고 참는 누군가가 있다면 대견합니다. 그런데 미래에 무엇이 있건 말건 상관없이 지금 마시멜로를 먹는 누군가가 있다면 그것도 나쁘지 않습니다. 누가 알겠습니까? 마시멜로를 꼴깍 먹어버린 그 아이는 나중에 크게 자라 세상이 놀랄 만한 예술가가 될지 말입니다.

불량공주 모모코

가끔 서현이가 저에게 '필관(필히 관람)'을 권하는 영화들이 있습니다. 서현이의 마음을 대신 전달해주는 영화일 가능성이 크기 때문에 저도 보려고 노력하지요. 〈불량공주 모모코〉는 서현이의 추천 목록 중에 서도 맨 앞줄에 있는 영화입니다. 처음 함께 영화를 볼 땐 저도 모르게 잠이 들어버려 '태도 논란'에 휩싸이기도 했지요. 두 번째 볼 때는 부러 눈을 부릅뜨고 봤지만 사실 이 영화, 졸기엔 심하게 재미있습니다. 무엇보다 '명대사 맛집'입니다.

"여자는 다른 사람 앞에서 눈물을 보여선 안 돼. 동정받게 되니까."(묘하게 공감이 되는 대사입니다.)

"인간은 분에 넘치는 행복이 눈앞에 있을 때 갑자기 깊은 병에 걸리곤 해요. 행복을 붙잡는 일은 불행에 안주하는 것보다 용기가 필요하대요."(정말 그런가 싶어서 한참 곱씹어 생각했습니다.)

"인간은 혼자라고요. 혼자 태어나서 혼자 생각하고 혼자 죽어가요. 혼자서 살 수 없다니 그럼 난 사람 말고 물벼룩이나 될래요."(물벼룩은 혼자 사는 걸까, 하고 잠시 생각했고, 주인공 모모코의 당돌함이 쏙 마음에 들기 시작했습니다.)

　"사람에겐 누구나 그릇이란 게 있단다. 모모코, 넌 크진 않지만 단단한 그릇을 갖고 있어. 너의 길을 가도록 해. 네가 아니면 아무도 할 수 없는 일을 꼭 찾게 될 테니까."(누구라도 듣고 싶은 말입니다. 서현이도 저에게 이런 이야기를 들었더라면 힘이 났겠지요.)

　〈불량공주 모모코〉는 '일류가 아니라면 대체 무엇이 되고 싶은지' 알 수 없던 서현이를 조금이나마 이해하게 해준 영화입니다. 모모코는 자기 안에서 단단하게 여문 것들로 보란 듯 혼자의 길을 걸으며, 원하는 일을 하고 사는 게 행복임을 일깨워주더군요. 물벼룩이 되는 일은 다행히 없었고요.

자기혐오를 ——
멈추기 위한 시도

·

·

　　우울증, 양극성 장애, 기타 조현병, 공황 장애 등등의 복잡한 스펙트럼을 넘나드는 제 딸 서현이에게 침대 밖은 너무 위험한 곳입니다. 잠에서 깨어 이불을 박차고 침대 밖으로 나서는 것은, 인류의 달 착륙만큼이나 위대한 발걸음이라고 해야 할까요.

　　수면제 성분이 들어 있는 저녁 약 덕분에 다행히 근래에는 드문 일이 되었지만, 지난날의 서현이는 낮 3시쯤 잠에서 깰 때가 많았습니다. 도대체 화장실은 언젠 가는지, 깨어나서도 바로 이불 밖으로 나오는 법이 없었습니다. 저의 성화에 못 이겨 오후 4시쯤이 되어서야 첫 식사를 하곤 했지요.

　　퇴원 후 저와 가끔 병원이나 극장을 찾을 뿐, 좀처럼 외출을 하지 않는 서현이에게 함께 산책을 가자고 권했습니다. 강아지 토르를 핑계 삼으니 웬일인지 순순히 따라나서더군요. 일산의 센트럴파크이자 일산 시민의 허파인 호수공원(물론 저 혼자 생각입니다)은 지하보도와 횡단보도를 한 번씩 건너면 닿는 근접 거리에 있지만, 한주먹 크기의 우리 집 강아지(그런데 이름은 토르라네요. 하긴 헐크 아닌 게 어디겠습니까)와 산책하기에 결코 만만한 코스는 아닙니다. 완주하려면 어림잡아 두 시간이 걸리니까요.

저의 성화에 못 이겨 서너 번 산책길에 동행했던 서현이가 완주한 적은 당연히 한 번도 없습니다. 첫 번째 횡단보도를 함께 건넌 후, 토르가 간식을 먹은 다음, 메타세쿼이아 산책로에서 서현이는 멈추고 돌아갈 이유를 곧잘 찾아냅니다.

출발과 동시에 '집으로' 눈빛을 쏘는 서현이에게 저는 노래하는 분수 쇼를 보자고 제안했습니다. 서현이는 여기에 그런 곳이 있냐며 의아해합니다. 일산에 거주한 지가 거의 10년인데, 분수 쇼라면 라스베이거스에서나 하는 것인지 알았던가 봅니다. 미심쩍어하는 서현이를 부추겨 다시 걷게 하는 데 일단 성공합니다. 분수 쇼가 열리는 곳이 호수를 중심으로 절반 지점이니, 그곳까지만 가면 돌아가느니 완주를 해야 한다는 사실을 서현이는 알 턱이 없었지요.

드디어 공연장에 도착한 뒤, 아이스크림을 사주겠다며 매점으로 뛰어간 서현이가 곧 다급하게 "엄마"를 부릅니다. 통장 잔액이 부족해서 2천 원인 아이스크림 결제가 안 된다니, 딱할밖에요. 이번에도 잠시 제가 출동해야 했습니다. 그랬거나 말거나, 서현이와 저는 벤치에 나란히 앉아 아이스크림을 먹으며 분수쇼를 감상했습니다. 음악과 조명에 맞춰 커다란 물기둥이 시원스레 솟구치니 이보다 좋을 수 없었습니다. 그야말로 '하쿠나 마타타'를 외치고 싶은, '아무 문제 없는' 한여름의 저녁이었습니다.

따지고 보면 단지 하루, 아니 어쩌면 저녁의 짧은 한때, 그저 평범한 일상을 보냈을 뿐인데 이렇게 좋아한다니, 약간 과장이라 여길 수도 있을 겁니다. 그렇지만 주변에 자신과 가장 가깝게 연결된 사람이 우울증이나 양극성 장애, 경계성 인격장애 혹은 여타의 정신질환을 앓고 있다면, 일상에 오랜 시간 평온이 깃드는 것이 숨 쉬듯 자연스러운 일이 아님을 알게 됩니다.

살면서 한 번도 안 아플 수 있다면 좋겠지만 그것은 애초에 불가능한 바람인 것 같습니다. 몸 어딘가 통증이 있을 때 우리는 진통제를 먹게 되지요. 그런데 불행히도 뼈를 깎는 고통을 유발하는 심한 통증일 경우, 진통제고 무엇이고 간에 듣지를 않습니다. 잠시 통증이 멈췄나 싶으면 또다시 시작되는 참을 수 없는 고통… 아마 정량보다 진통제를 많이 먹거나 자주 먹어야 했던 그런 순간들, 누구나 한 번쯤 겪어봤을 겁니다. 그런데 다행히도 그 아픔이 참을 만한 것이 되고, 진통제를 조금 띄엄띄엄 먹어도 되는 순간이 찾아오면 일순 안도의 마음이 들게 되지요. 참을 수 없는 고통이 참을 만한 고통이 되고, 그 참을 만한 시간이 길어질수록 치료에 도움이 된다고 들었습니다.

마음의 통증도 육체적 고통과 다를 게 없더군요. 마음에 병이 있는 사람들 모두가 그렇다고 단정 지을 수는 없으니 제 딸의 경우로 한정 지어 이야기해보면, 서현이는 자존감이 너무 낮은 아이입니다. 상대방이 무심코 던진 한마디에도 상처를 받습니다. 모처럼 예쁘게 차려입고 집을 나섰는데 엘리베이터 안에서 자신보다 더 근사한 사람을 보게 되면 금세 자존심이 상합니다. 외출 자체를 그만두고 싶은 마음이 들 정도라고 합니다(실제로 그만두기도 합니다). 흔히 말하는 '유리멘탈'이다 보니 언제 어떤 상황에서든 우울의 나락으로 떨어질 수 있습니다.

낮은 자존감이 우울을 촉발하는 건지, 깊은 우울 때문에 자존감이 바닥을 치는 건지, 어쩌면 둘이 함께 절대 끝나지 않을 멍청한 림보 게임을 하는 건지 잘 모르겠습니다. 확실한 것은 서현이에게 모든 일은 마음먹기에 달렸으니 의지를 다지라거나, '노오력'을 하라고 다그치는 것은, 연체동물에게 '차렷, 앞으로 나란히'를 하라는 것과 같다는 사실입니다. 그걸 경험으로 알기까지, 저는 뼈아픈 대가를 치러야 했습니다.

자신을 쓰레기로 생각하면 쓰레기통이 편안한 법입니다. 만성적인 우울이 일상이 되면 나중에는 그 상황에서 벗어날 생각조차 사라져버립니다. 어떤 면에서는 치매 환자와도 비슷하지만, 옆에서 지켜본 바로는 무기력해진 스스로에 대한 경멸과 비하는 상상 이상입니다. 진위는 다를 수 있지만, 저는 서현이가 자기혐오를 멈추기 위해 저지른 가장 극단적인 방법이 자살 시도였다고 생각합니다.

그런 서현이가 오늘 모처럼 편안해 보여 좋았습니다. 평범하게 보낸 오늘 하루가 제게 소중했던 이유입니다. 하루에 하루를 보태고 또 하루가 흐르는 동안 힘겨운 싸움을 계속하게 될 제 딸 서현이를 응원합니다.

부정적인 생각들은 어느 날 불쑥 나를 찾아온다.

나는 도망가고 싶지만, 어디로 가야 할지 모른다.

모두 나에게서 시작된 마음들이기 때문이다.

그럴 때는 기계적으로 다른 생각을 하려 애쓴다.

엄마와 ── 딸의
장애물 달리기 여행

　　　괜찮을까? 잘해낼 수 있을까? 서현이와 함께 삿포로 여행을 계획하고 실행에 옮길 때 문득 그런 생각이 들었습니다. 호텔 한 곳을 예약해도 메시지에 담고 스크린 샷에 남기고 복사까지 해둬야 겨우 안심의 먼지 끝자락을 잡는 엄마와 여행이 코앞으로 다가와도 확인 절차 같은 건 '별들에게 물어봐'인 딸은 달라도 너무 다른 존재입니다. 굳이 같은 점을 찾자면 둘 다 무게중심이 한쪽으로 심하게 기울었다는 것이지요. 엄마는 준비의 끝을 몰라 불안하고 딸은 끝없이 미뤄둔 준비 때문에 불안합니다. 둘의 성격을 무 자르듯이 뚝 잘라 평균을 내면 좋겠지만 그것은 현실적으로 가당찮은 바람입니다.
　　평소, 가족과 함께하는 여행에서 서현이와 저는 다른 구성원

들에 비해 다툼이 잦았습니다. 예를 들면, 현지에서 10시 체크아
웃인 호텔에 묵었을 때 저는 서현이에게 일단 9시까지는 로비로
가야 한다고 못을 박습니다. 시간 예고제의 시작입니다. 곧이어
서현이의 주변을 맴돌며 '정돈질'을 해댑니다. 소리 없는 압박의
단계라고 할까요.

곧 본경기가 시작됩니다.

"7시 반인데 머리 안 감고 나갈 거니?"

"8시인데 짐 안 싸도 돼?"

"화장은 차 안에서 하려고?"

"여기서 뭐 잃어버리면 절대 못 찾아, 잘 챙겼는지 다시 점검해
봐."

"뭘 했다고 피곤하냐?"

저의 끝없는 주의와 견제에 임하는 서현이의 자세 역시 만만
치 않습니다.

"10분 있다가 감을 거야."

"생각해보니 안 감아도 될 것 같아."

"짐 다 쌌어."

거참, 다 싸다니오. 이 무슨 씻나락 까먹는 소리입니까. 딸의 실
수를 잡아내는 데 거의 매의 눈을 가진 저에겐 가방 안에 들어간
짐보다 주변에 널브러진 짐들이 아직 한참 더 많아 보이는데요.
시간이 예고했던 9시를 넘길 듯 말 듯, 저의 불만이 커질 때쯤 서

현이가 결정적인 한 방을 날립니다.

"근데 왜 벌써 나가려고 그래?"

이쯤 되면 저의 분노 그래프는 가파르게 상승하고 말지요. 출발할 시간은 서로 합의해서 정한 건데, 서현이의 뒤늦은 "왜?"는 판을 뒤집는 '결정적 한 방'이 되는 것입니다. "어제 아홉 시에 나가자고 했어, 안 했어?"와 "그럼 어제 시간 정할 때 의견을 내던지!"를 지나 "몰라, 너 알아서 해"라는 말까지 던지고 나면 엄마와 딸의 말싸움은 기어이 막장의 수순을 밟고 맙니다. 서현이는 머리 감기는커녕 세수나 이 닦기 같은 기본적인 행위도 생략한 채 뛰쳐나가다시피 거리로 나서고, 상황은 단숨에 일촉즉발로 치닫습니다. 이럴 때 뿔난 엄마와 딸을 어르고 달래는 건, 싫든 좋든 아빠의 역할입니다.

서현이와 단둘이 떠나는 여행에서 이런 식의 참사는 어떻게든 피하자고 마음먹었습니다. 일단, 서현이가 퇴원한 지 얼마 되지 않은 환자임을 고려해서 나름대로 몇 가지 원칙을 세웠습니다. '무리한 일정을 잡지 말자'가 첫 번째였고, 절대로! 절대로! 절대로! '감정적인 언쟁을 하지 말자'가 그다음, '서현이가 주도하는 여행이 되도록 하자'는 것이 세 번째 원칙이자 다짐이었습니다.

세 번째 원칙은, 입원 기간에 그녀를 담당했던 선생님의 뼈아픈 당부와도 관계가 있습니다. 서현이를 항상 '서현 씨'라고 호칭하던 선생님이 저와 상담할 때 무심코 '아이'라는 표현을 쓰고는 급히 무안해하며 덧붙인 말씀입니다.

"서현 씨는 어엿한 성인인데, 부모님이 자꾸 어린애 취급을 하시고 과보호를 하시니, 그 분위기가 금방 전염되어 저까지 아이를 대하는 느낌이 된다"라고 말입니다.

그때 저도 '아차' 하며 깨달았습니다. 서현이의 우울증적 징후들을 성격적 결함으로 인지해 왔기에, 오랫동안 번지수를 잘못 찾아 대응한 건 아닌가 하고요. 앞에서 언급한 대로 가끔은 폭발적인 막말들이 오가기도 하지만, 보통의 경우에는 감정 기복이 심한 서현이를 자극하지 않기 위해 갈등 상황은 되도록 피하려고만 했습니다. 스트레스에 취약한 서현이를 자극하지 않으려는 태도가 너무나 몸에 배어버렸다고 할까요. 서현이가 걷는 길 앞의 장애물을 제가 알아서 치워준 꼴입니다.

잘못을 감지했다면 일단 고치고 볼 일입니다. 고작 3박 4일의 짧은 여행이지만 저는 서현이가 여행 일정을 짜고 숙소를 예약하고 맛집을 검색하는 소소한 일들을 해내면서 작은 성취감을 맛보길 바랐습니다. 그녀의 성큼 커진 발걸음에 저의 바쁜 손길이 더는 필요 없기를 바라면서요.

여행 전의 취지는 분명히 그랬습니다. 그랬지만, 이런 몇 가지 원칙들이 여행하는 동안 제대로 지켜졌느냐 하면 그건 다른 이야기입니다. 솔직히 그런 관점에서 본다면 외려 실패한 여행인지도 모르겠습니다. 결과적으로 '우리 아이가 달라졌어요' 식의 드라

마틱한 전개는 없었고, 디즈니 식의 교훈적 결말과도 거리가 먼 여행이었으니까요.

홋카이도 대학의 숲길을 걷는 일과 오도리 공원 주변을 산책하는 코스는 그야말로 숨이나 쉬면서 다리만 움직이면 되니 절대 무리한 일정이 아니지요. 하루 두 시간 호수공원 산책과 일주일에 세 번의 수영이 일상인 저에게는 적어도 그렇습니다. 그러나 몸에 근육이라고는 일도 없는 서현이 입장에서는, 두 일정 사이에 '쉼'이 없었으니 이건 말 그대로 강행군입니다.

누군가는 죽고 싶어도 떡볶이는 먹고 싶다더니, 죽고 싶은데 멋은 내고 싶고, 사진도 장소별로 백 장은 찍어야 하고, 소문난 디저트 가게는 줄을 서도 들러야 하는 'SNS 지향의 딸' 때문에 어느 순간 피곤해지기는 저도 마찬가지입니다.

두 사람 사이에 불만 지수가 서서히 높아집니다. 휘발성 냄새를 뿜는 도화선은 곳곳에 널려 있고요. 요컨대 서현이가 비싼데 맛은 없(어 보이)는 디저트를 시키더니 깨작거립니다. 저는 "너는 참 돈도 많다"라는 한마디를 기어이 내뱉고 서현이는 보란 듯이 포크를 콱 내려놓습니다. 도화선에 불이 붙습니다. 서현이가 누구보다 빠르게 감정의 롤러코스터를 탄다는 사실을 뒤늦게 깨달은 제가 아차 하지만, 이미 말의 폭탄이 터진 뒤입니다. 그날 제 기억에 남은 서현이의 마지막 말은 "집에 돌아가면 두 달 정도 원주 같은 곳에 혼자 가서 돈을 좀 벌게. 연락 없어도 걱정하지 마"

였던 것 같습니다. 서현이의 도전적 발언에 저의 응전이 이어집니다. "원주가 어디 붙었는지는 아니? 돈 버는 동안 누가 먹여주고 재워줄 건데? 세상이 그렇게 만만한 줄 아니?"

그냥, '아, 그러세요' 하고 넘겼으면 됐을 일을, 저도 주책이라면 주책입니다.

숙소로 그냥 돌아오기엔 감정적으로 너무 막막했던 그 저녁, 엄마와 딸은 대관람차를 타기 위해 구글 지도를 보며 한동안 걸었습니다. 바닷가도 아니고, 테마파크도 아니고, 도심 한복판도 아닌 쇼핑몰 건물 꼭대기에 설치된 대관람차는 생뚱맞아서 좋았습니다. 대관람차가 천천히 두 바퀴를 도는 동안 별다른 얘기를 주고받지는 않았습니다. 야경이 생각보다 별로라거나, 디저트를 포장해올 걸 그랬다거나, 언젠간 영국에서도 대관람차를 타보자는 그런 싱거운 얘기들. 뭐라 설명하긴 어렵지만, 글쎄요, 이것도 그냥 생뚱맞아서 좋았다고만 해두겠습니다.

여행을 위해 원대한 계획을 세운 것도 아니고, 그마저도 계획대로 된 일은 하나도 없었습니다. 오히려 둘 다 감정이 너덜너덜 털린 순간이 있었을 뿐입니다. 그래도 몇 달쯤 시간이 흐른 지금 돌아보니 입꼬리가 올라갈 만큼의 추억이 되었습니다. 그만하면 괜찮았고 잘 해낸 것이지요.

TV에서 기억 속의 장면들이 나온다.

나는 좋은 채널만 보기 위해 노력한다.

어딘가에는 나를 무섭거나 괴롭게 할

채널이 있다는 것을 안다.

불안이 천장 위에 숨어 있다.

레이디 버드

극장에서 혼자 보았던 〈레이디 버드〉를 서현이와 집에서 다시 보았습니다. 부모가 지어준 이름을 두고 한사코 '레이디 버드'라 불리길 원하는 소녀가 세상과 부딪히고 실수하고 성장하는 모습을 담은 영화입니다. 동성 친구, 남자 사람 친구, 첫사랑, 가족, 선생님 그리고 엄마와 핑퐁게임 하듯 벌이는 사건 사고가 생생하게 그려집니다. 엄마의 잔소리가 싫어 달리는 차에서 뛰어내리는 딸이라니, 남 얘기 같지 않습니다.

영화 속에서 증오와 사랑이 톱니바퀴처럼 맞물린 모녀가 함께 옷을 고르는데요. 딸이 고른 '정신줄 놓은' 옷이 엄마 맘에 들 리 없듯, 엄마가 고른 심하게 단정한 옷은 딸에게 단칼에 잘립니다. '한 번이라도 그냥 예쁘다고 해주면 안 되냐'고 묻는 딸에게 엄마가 말합니다.

"난 네가 될 수 있는 최고의 모습이 되기를 바라는 거야."

이번엔 딸이 받아치기 어려운 '스매시'를 날리지요.

"만약 이게 내 최고의 모습이라면?"

글쎄요. 그 말에 뭐라 대답하면 좋을까요. 저도 오래오래 답을 생각해보았고, 여전히 생각하는 중입니다.

예술이 무엇이든,
치료가 —— 먼저
.
.

서현이의 정신과 진료가 있는 날입니다. 오전에는 정신과 주치의 선생님을 만나야 하고, 정확히 5시간 뒤에는 상담 치료를 위해 다시 병원을 찾아야 합니다.

요즘 들어 서현이는 스트레스가 좀 많아 보입니다. 그림 그리는 시간이 점점 길어지는 것과 상관이 있어 보입니다. 완성을 앞둔 그림책이 몽땅 사라지는 꿈을 꿨다며 질색하기도 하고, 자기 그림이 쓰레기 같다고 새삼 풀죽을 때도 많습니다. 서현이가 자살을 결심했던 무렵에도 그림과 관련된 작은 소동이 있었던 걸 아는 저는 이래저래 긴장하지 않을 수가 없습니다.

그런데 궁금한 게 있습니다. 그림은 쓰레기가 될까 봐 그토록 걱정하면서, 제 방의 쓰레기는 어쩌자고 그냥 버려두는 걸까요?

작업 공간이 지저분할수록 창의성이 샘솟기라도 하는 걸까요?

병원에 가야 할 시간에 쫓기면서 서현이 방을 힐끔 들여다보니 발 디딜 틈 없이 어질러져 있습니다. 화내면 안 된다고 생각하지만, 낮게 가라앉는 제 목소리에서 이미 화가 뚝뚝 묻어납니다.

"저것들 세탁기에 넣고 와라. 속옷 좀 저렇게 벗어두지 말라고 몇 번을 말하냐?"

서현이의 얼굴이 금세 무표정하게 바뀌더니 친절한 금자 씨마냥 새침하게 말합니다.

"내 방이야."

이럴 때 저의 반응은 대충 두 가지로 추려지는데, 오늘은 "아, 그래. 미안해" 대신 "네 방은 네 마음대로 하면서 왜 맨날 엄마 방에 들어오는데?"라는 쪽으로 노선을 잡았습니다. 서현이의 서늘한 목소리가 다시 문지방을 넘었고요.

"이제 엄마 방에 안 갈게."

이런, 함께할 일정에 가시밭길이 활짝 열렸습니다. 조수석을 마다하고 뒷좌석에 올라탄 서현이는 굳은 얼굴로 입을 열지 않습니다. 진료를 기다리는 동안에도 엄마와 딸은 행여 옷깃이라도 스칠세라 멀리 떨어져 앉았고요. 그런데 서현이도 어색한 시간이 편치는 않았던가 봅니다. 진료를 끝내고 들른 게장 집에서 휴대폰으로 기사 한 편을 검색해 보여주더군요. '예술적 창의성과 정신장애(임민경 글)'라는 제목이었습니다.

서현이는 "예술계 종사자들에게 우울증은 다반사고, 일부는 창작열에 방해가 되는 것을 두려워해 치료받기를 꺼린다"는 이야기를 들려주었습니다. 그날 읽은 기사와 서현이의 설명을 종합해보면, 우울증이나 양극성 장애, 조현병 등의 정신장애를 가진 예술가들 사이에는, 자신의 질환을 창작의 도움닫기로 사용하는 부류가 있다는 겁니다.

서현이 앞에서는 "그게 말이냐, 막걸리냐?"며 핀잔을 주었지만, 사실 아주 뜬금없는 논쟁은 아니지요. 우울감에 오래 시달려온 사람들은 그 바닥 같은 감정을 자양분 삼아 예술을 꽃피우기도 하는가 봅니다. 그런 걸 창조적 우울, 혹은 창조적 멜랑콜리라고 한다지요. 태생적으로 유리처럼 예민한 구석이 있는 예술가들이 정신질환에 취약한 것인지, 정신질환을 앓다 보면 예술적 창의성이 높아지는 것인지 제가 판단하거나 알 도리는 당연히 없습니다.

'정신장애와 창의성의 상관관계'를 밝히는 다양한 실험들을 살펴보아도, '관련이 있네, 없네' 하며, 결과가 실로 다종 다양하여, 무턱대고 한쪽을 믿고 지지하기도 어렵더군요. 이를테면, 정신과 의사인 아놀드 루드비히와 낸시 안드레아슨은 정신장애와 예술적인 창의성의 관련성을 높게 보았고, 반면에 양극성 장애를 치료한 후에 오히려 창의성이 높아진 사례도 심심찮게 보고되니까요. 헤밍웨이, 버지니아 울프, 고흐, 고야, 뭉크 등 정신질환을 앓았던 예술가들의 이름이 꽤 떠오르는 건 사실이지만, 이들이 평생토록 자신들을 괴롭혔던 질환을 피해 갔을 때의 결과가 어땠을지는 아무도 모릅니다(더 좋은 작품을 더 많이 만들었을 거라 믿고 싶습니다).

약 기운이 넘쳐 평소보다 활기찬 서현이를 보거나, 반대로 텅 빈 눈동자로 잠에 취한 서현이를 볼 때, 저는 가끔 섬뜩한 기분이 듭니다. 어느 쪽도 제가 아는 서현이처럼 보이지 않기 때문입니다. 서현이가 앓고 있는 우울증이 창의성을 촉발하는지, 그렇다면 무턱대고 치료하는 것이 과연 옳은지 등의 문제는 고민의 가치가 없습니다. 다행히 서현이 역시 이런 논쟁을 쓸데없고 소모적이라고 생각하는 눈치입니다. "나는 (창작과 우울증이) 크게 상관없다고 보는데"라고 망설임 없이 말하니까요.

불타는 창작열을 바라며 치료를 망설이는 건 득보다 실이 많은 거래입니다. 빛나는 예술품은 삶의 온기와 생기에서 나온다고 저는 믿고 싶습니다. 백번 양보해서 우울증에 걸릴 만한 '어떤' 기질이 창작 활동에 유리한 면을 제공한다 해도, 서현이가 혹시라도 자신을 먹잇감 삼아 예술을 한다면 당연히 반대할 겁니다. 예술이 무엇이든, 치료가 먼저니까요.

곰팡이투성이 고양이와
서현이의 —— 동거생활
.
.

　　　　　　　　　서현이는 10년도 넘게 우울증을 앓아
왔습니다. 우울증과 공황장애 판정을 받았던 3년 전, 서현이는 불
행히도 치료를 매끄럽게 마무리하지 못했습니다. 그때 올바르게
대응하지 못한 것이 두고두고 후회됐던 저는, 이번에는 무슨 일
이 있어도 복약만큼은 철저히 지키게 하자고 마음먹었습니다.

　새벽 5시면 눈을 떠서 해가 지기 전에는 절대 등을 붙이는 법
이 없는 저는 서현이에게 아침저녁 하루 두 번 꼬박꼬박 복약을
강권했지요. 가끔 서현이가 "이따 먹을게"라고 할 때도 있지만,
저에게는 통하지 않습니다. '이따'는 도대체 내일모레를 가리키
는 것인지 책상에 놓은 알약이 사라지는 법이 없으니까요.

　아침에 먹는 주홍색의 우울증 치료제는 아무 때고 서현이가

활동을 시작할 때 먹으면 되는데, 취침 30분 전에 먹어야 하는 불면증 치료제가 문제입니다. 피곤한 제가 잠들기 전에 약을 먹이다 보니, 너무 일찍 약을 삼킨 서현이도 덩달아 새벽형 인간이 되고 맙니다. 고등학교 무렵부터 최소 5~6년 이상을 낮 밤이 바뀐 올빼미형 인간으로 살아온 서현이에게 해 뜰 때부터 시작되는 하루는 너무 길고 지루해 보입니다.

방과 거실을 시계추처럼 배회하는 서현이를 혼자 두고 외출하기가 당연히 편치 않지요. 행여 몹쓸 생각을 할까 싶어서입니다. 베란다 창문 잠금고리를 꾸욱 내려 조입니다. 습기 먹지 말라고 꺼내놓고 사용하던 부엌칼들도 싱크대 밑으로 쓰윽 밀어 넣고요. 강아지 토르의 산책을 숙제로 남기거나, 돌아올 때 들고 올 간식을 미끼로 이용하기도 합니다. 그래도 미심쩍은 날에는 "엄마보다 하루만 더 살다 죽어라"는 식의 통속적인 대사를 날려봅니다. 그러면 듣다못한 서현이가 한마디 하지요.

"엄마, 죽는 것도 에너지가 필요한 일이야. 당분간은 죽고 싶어도 기운이 없어서 못 죽어. 걱정하지 말고 나갔다 와."

멀쩡히 친구를 만나고, 모임에 나가고, 장을 봐서 돌아오는 길에 또다시 걱정이 좇아옵니다. 아파트 모퉁이를 돌아서며 '사람들이 웅성거리고 서 있는 거 아니야?' 혹은 '119차가 와 있는 건 아니겠지?' 하는 생각에 멈칫합니다. 현실성 제로의 몹쓸 생각인 건 알지만, 자라 보고 놀란 눈길에는 솥뚜껑만 보이는 꼴입니다.

현관문을 열 때도 불안하긴 마찬가지고요. 서현이가 외출했을 리는 없는데 불러도 대답이 없으면 가슴이 먼저 방망이질을 해댑니다. 불안은 영혼을 잠식한다더니, 이러다 딸보다 제가 먼저 말라죽지 싶습니다.

이런 저의 엄살 섞인 하소연을 들어주던 이웃 언니가 서현이에게 고양이를 키우게 하면 어떻겠냐고 조심스레 제안하더군요. 고양이는 강아지처럼 세세한 돌봄이나 산책이 필요 없고 독립심이 강해 한 공간에 있어도 간섭이 적으니, 외출을 좋아하지 않는 서현이와 서로 잘 맞는 반려가 될 것이라는 이야기였습니다.

그날, 서현이에게 고양이의 '고' 자를 꺼내보았습니다. 그냥 말만 해본 겁니다. 그런데 워워~ 이건 아니지요. 잠깐 솔깃했을 뿐 저는 전혀 준비가 안 됐는데, 서현이는 말 떨어지기 무섭게 자신의 소셜 네트워크를 총동원해 반려묘 찾기에 나섭니다.

살아 있는 다른 종과 사는 이야기는 구구절절할 이유가 전혀 없습니다. 반려동물과 함께 살아본 경험이 없는 분들에겐 그저 이해 불가의 이야기일 뿐이고, 반대의 경우에는 너무 당연해서 따로 설명이 필요 없는 일이니까요. 아마 키워보신 분들은 반려동물이 가족이란 사실에 동의하실 겁니다. 새 가족을 받아들이는 일, 당연히 간단하지 않습니다.

"서현아, 네 몸의 상처를 좀 봐. 자기 몸 하나 못 돌보면서 다른 생명을 거둬들이는 일을 할 수 있겠냐고?"

서현이의 몸은 여기저기 흉터들의 아우성으로 성한 곳이 없습니다. 자살 시도로 생긴 세로줄의 붉고 긴 흉터는 (붕대를 감아두었는데도) 늘 피가 배어 있지요. 채 아물지 않은 딱지를 수시로 떼어버려서입니다. 귓불은 또 어떤가요? 얼마 전 서현이는 막혀버린 귓불에 귀걸이를 마구 쑤셔대는 통에 저를 놀라게 했는데요. 핏물이 줄줄 흐르던 서현이의 귓불은 그날의 상처로 다시 피딱지가 자리 잡았습니다. 손톱엔 반창고가 골무처럼 감겨 있습니다. 손톱은 말할 것도 없고 손톱 주변의 생살까지 무시로 물어뜯는 바람에 보다 못한 제가 내린 처방입니다. 손톱 옆의 들고일어난 피부들은 서현이가 죄다 잔디 뽑듯 뜯어버려 피가 맺힌 곳이 한두 곳이 아니고, 왼쪽 두 번째 손가락의 첫 번째 마디는 무시로 긁어내어 반들반들 벌겋게 윤이 날 지경입니다. 여드름, 모기, 아토피의 흔적들도 모조리 공격의 대상입니다. 피딱지가 앉을 새도 없이 서현이의 손톱 긁기 신공이 이어지니, 상처들 입장에선 학살도 이런 학살이 없습니다.

저는 "손톱과 이로 찢고 잘근거린 흉터를 더는 만들지 않을 때까지, 반려묘는 안 된다"라고 잘라 말했습니다.

하기 싫은 일은 지구 종말의 날까지 미룰지언정, 하고 싶은 일은 물인지 불인지 가리지 않고 뛰어드는 서현이는 그날로 자기몸의 흉터란 흉터에 죄다 밴드를 붙이더군요. 의사 선생님과 상담하러 가는 날에도 서현이의 턱에는 커다랗고 네모난 밴드 한

장이 떡하니 붙여져 있었습니다. 상처의 딱지를 더는 헤집지 않으려는 나름의 고육지책이랄까요.

"엄마, 나 요 아이로 정했어."

서현이가 내민 휴대폰 속에는 하얗고 조그맣고 목에는 아무렇게나 자른 부직포를 칼처럼 차고 있는 초록 눈의 새끼 고양이가 담겨 있었습니다. 사실 그때 그 부직포의 용도(?)를 몰랐던 게 제 실수라면 실수였지요.

서현이 몸의 크고 작은 상처들이 조금씩 옅어지고, 캣타워며 식량, 배변 통 등을 사느라 서현이의 통장 잔액이 바닥을 찍을 때쯤, 저는 더는 버티지 못하고 길고양이 한 마리를 가족으로 받아들였습니다. 자신의 몸과 마음을 어떻게 건사해야 하는지 몰라 쩔쩔매는 서현이와 알고 보니 온몸이 곰팡이인 채로 입양된 '길냥이'의 동거생활은 이렇게 시작되었습니다.

고양이 샴푸와 함께
히키코모리의 ── 세계로

　　　　　우리 집 고양이 이름이 샴푸가 돼버린 것에 실은 저도 할 말이 많습니다. R2와 D2(스타워즈식 작명입니다), 라이와 루이(말의 운율을 제대로 살렸군요), 해송이와 달송이(형제라면 역시 돌림자) 정도를 바라는 건 아니지만, 토르와 샴푸는 오빠, 동생을 떠올릴 여지가 없어도 너무 없습니다. 아홉 살 된 토르의 이름을 비누나 린스로 바꿀 순 없으니, 샴푸 대신 로키나 오딘 같은 이름이면 어떨까 싶은데 서현이에게는 그야말로 씨알도 안 먹히는 소리입니다.

　낙엽들이 바스락거리며 밟히던 가을날 저녁, 샴푸는 우리 집으로 왔습니다.

　"엄마, 샴푸가 길에서 구조될 때 곰팡이가 심했어. 지금은 많이

142

나아졌는데 그래도 약을 계속 먹고 소독도 해줘야 한대."

아줌마인지 할머니인지 아니라면 엄마인지 호칭을 궁리하느라 생각이 많은 저에게, 서현이는 '아차' 싶은 소리를 남긴 채 샴푸와 함께 방 안으로 사라졌습니다. 처음 얼마 동안 샴푸는 딸의 방에만 머물렀고요. 곰팡이가 옮을 수 있는 데다, 집안의 막내인 토르와 합사할 때, 서로 스트레스를 덜 받게 하려는 배려였지요.

그런데 붙박이 강아지 토르와 길냥이 샴푸의 한 지붕 두 살림은 그리 오래가지 못했습니다. 자신을 쓸고 닦고 예뻐하던 큰누나가 어느 날 '듣보잡' 생명체와 함께 방문을 닫아거는데 토르가 아무렇지도 않다면 그게 더 이상합니다. 새벽마다 누나 방문을 긁어대는 토르 때문에 두 녀석의 합사는 계획보다 조금 일찍 이루어졌지요.

처음에 저는 샴푸 몸을 뒤덮은 곰팡이는 '치료하면 되려니' 했습니다. 실제로 서현이는 샴푸를 데리고 일주일에 한 번씩 병원에 다니기를 게을리하지 않았고요. 편의점도 큰마음 먹어야 가는 서현이가 샴푸를 위해 꼬박꼬박 병원을 찾는 모습이 내심 기특했습니다. 그런데 기어이 일이 터졌습니다.

"엄마, 나 곰팡이 옮았나 봐."

서현이가 내민 팔등과 팔뚝 곳곳에는 흡사 뱀파이어에게 물린 듯 둥그런 반점들이 붉게 물들어 있었습니다. 저는 그때야 '이건 뭐지?' 하는 심정으로 샴푸를 좀 더 세심히 살폈습니다. 앞발, 뒷

발, 배, 얼굴 가릴 데 없이 듬성듬성 털이 빠져 있고, 귓속은 갈색의 부스럼들로 뒤덮였는가 하면 듬성듬성 얼룩투성이였습니다. 그동안 저는 도대체 샴푸의 무엇을 본 걸까요?

태어나자마자 길거리에 버려진 것도 모자라, 곰팡이에게 그 작은 몸뚱이를 습격당한 녀석이 불쌍한 건 말할 필요도 없죠. 그런데 가뜩이나 몸 곳곳에 상처 많고 흉터 많은 딸아이의 피부도 걱정이었습니다. 서둘러 병원에 보내고 약 처방을 받았지만 웬걸요, '저요, 저요, 곰팡이 주세요' 하고 줄을 선 것도 아닌데 다음에는 저와 서현이 동생들, 급기야 강아지 토르의 귓바퀴와 눈가 위쪽으로도 손톱만 한 발진들이 올라오는 겁니다. 평생 피부병에 걸려본 적 없는 토르가 제 발로 사정없이 얼굴을 긁어대는 것을 보자 불편한 감정들이 물밀듯 넘실거렸습니다.

"아니, 곰팡이나 나으면 데려오지, 뭐가 급하다고⋯⋯."

왜 어떤 말들은 입 밖에 나온 뒤에야 주워 담고 싶은 걸까요.

서현이는 그 길로 고양이 샴푸를 데리고 방으로 들어가 버리더군요. 그날 이후, 서현이는 한동안 꼭 필요할 때가 아니면 좀처럼 방 밖으로 나오지 않았습니다. 모처럼 새 식구를 보고 싶은 동생들과 여전히 누나 방문을 긁는 토르를 모른 척하며 말입니다. 샴푸의 배변통과 캣타워, 식량, 식판 등등으로 꼭 찬 딸의 방에서는 조심스레 문을 열 때마다 비릿하고 불쾌한 냄새들이 뿜어져 나왔습니다. 저는 서현이가 반려묘를 키우는 의지로 현관문을 박차고 세상 속으로 나가기를 바랐는데, 고양이와 함께 더 깊숙이 웅크린 꼴이 되었습니다.

돌이켜보면 서현이가 사회생활을 하는 방식도 크게 다르지 않았습니다. 상대방이 자신에 대해 불편해하거나 싫어하는 기색을 보이면, "그래? 내가 싫어?" 하고는 누구보다 빠르게 '손절'하고 맙니다. 모임 참석을 멈추고, 연락처를 지우고, 휴대폰 번호를 바꿉니다. 정작 상대방은 서현이의 작은 행동 하나가 못마땅했을 뿐인데, 본인은 자신의 존재 전부를 거부당한 듯, 마음에 엄청난 상처를 입습니다. 이쯤 되면 오해를 풀거나 해명할 기회를 놓친 채 서먹해지는 건 시간문제입니다.

세상 속에서 퇴로가 막혀 집으로 후퇴한 서현이가 다시 방에서 은둔 아닌 은둔생활을 하는 모습이 보기에 딱했습니다. 오래 두고 볼 일이 아니었지요. 서현이가 자꾸 숨으니 이제 제가 술래가 될 차례입니다. 서현이와 샴푸를 방 밖으로 나오게 할 '신의 한 수'가 필요했지요.

평소 스트레스를 받으면 불안과 우울의 수위가 높아지는 서현이는, 고양이를 소독하거나 약을 먹이고 바르는 일에 유독 취약하더군요. 이 일을 고양이 녀석이 싫어하고, 동병상련인지 서현이도 샴푸가 싫어할 행동은 도통 못하는 겁니다. 아기 때 많이 놀아줘야 밝게 자란다며 사냥놀이하면서 온몸을 던지는 것과는 사

못 대조적이었습니다.

고양이를 제압하는 데는 제가 훨씬 선수일 것 같습니다. 엄마의 직진이 시작됩니다.

서현이가 절대 잡지 말라는 샴푸 목덜미를 수시로 잡아 서열 정리를 시도했고, 자반고등어 뒤집듯 이리저리 샴푸를 뒤집어 꼼꼼히 소독했습니다. 하루에 두 번씩, 서현이가 '노, 땡큐'라고 외치거나 말거나 곰팡이 제거를 위한 저의 투쟁은 계속되었습니다.

그런데 링웜이라 불리는 이 곰팡이, 의외로 끈질깁니다. 그 뒤로 오랫동안, 제 팔뚝엔 마치 불도장을 찍은 듯한 상처들이 끝없이 들고났으니까요. 정작 달라진 건 흉터를 대하는 저의 자세입니다. "뭐야 이거? 내가 언제 또 너한테 물렸냐?"는 듯 샴푸를 가볍게 째려보고는 약을 쓰윽 바르면 끝입니다.

가족에게 폐를 끼치기 싫은 마음에, 혹은 샴푸의 사랑을 독점하고 싶어서, 아니라면 둘 다의 이유로, 고집스레 샴푸를 혼자 돌보던 서현이도 지금은 저의 도움을 조금 자연스레 받아들입니다. 같은 울타리에서 한 가족으로 사는 이상, 누구도 섬이 될 필요는 없죠. 백번 양보해서 우리 모두 섬 같은 존재라고 해도 건널 다리 하나쯤은 필요할 것 같습니다.

우리 집 고양이 샴푸는 베란다 창가에 앉아 창밖을 바라보는 것을 좋아합니다. 그럴 때 녀석은 절대 정면으로 창문을 응시하는 법이 없죠. 하얀 털로 뒤덮인 몸을 비스듬히 한 채 (꼭 볼 생각은 아니라는 듯) 고개만 슬며시 옆으로 돌립니다. 집안의 누군가가 그런 샴푸를 위해 의자 하나를 창가에 놓아두었더군요. 태어나자마자 버려진 새끼 고양이가 자신이 살던 바깥 풍경을 바라볼 때의 마음이 문득 궁금해집니다.

"샴푸야, 바깥 세상이 궁금해? 무서워? 나가보고 싶어?"

제가 녀석의 마음을 헤아릴 방법은 죽었다가 깨어나도 없을 테지요. 제 딸 서현이의 마음 역시 말입니다.

엄마에게는 '히키코모리'로 보이겠지만

나와 샴푸는 가족이 되기 위해 노력하는 과정 안에 있다.

샴푸도, 나도

아직은 집안에서 창밖의 세상을

구경하는 것이 더 좋지만

언젠가는 문밖을 나서는 것이

아무렇지 않게 느껴지는 순간도 올 것이다.

오직 ── 희망을 주는
영화만이 살아남는다
·
·

서현이가 퇴원한 다음부터 저는 오랫동안 우울하고 불안한 마음에 시달렸습니다. 그런 감정은 지금도 어느 만큼은 현재 진행형입니다. '그날'의 상처는 때가 되면 아물겠지만, 씻은 듯 잊기는 어렵겠지요. 뭔가 돌무더기가 얹어진 것처럼 가슴 한가운데가 무거운 느낌인데, 서현이가 평소 느끼는 감정이 이런 거라면 그야말로 사는 게 싫을 것도 같습니다.

퇴원 후 서현이가 집에서 칩거 아닌 칩거를 시작한 뒤로, 저는 딸과 할 수 있는 일들을 찾아 이곳저곳 기웃거려 보았습니다. 미술관, 호수공원, 맛집, 옛날에 살던 집, 헬스장, 볼링장(생전 처음 가 봤습니다) 그리고 너무 금세 예약일이 돌아오는 병원을 돌고 돌고 돌지만, 서현이의 하루에서 지루함을 덜어내기란 모자란 듯했습니다.

한편 저는 서현이가 퇴원한 뒤 하루의 일과가 훨씬 바빠졌습니다. 자급자족의 노후를 꿈꾸며 배우기 시작한 도시농부 프로그램은 서현이가 병원에 있는 동안 진즉에 그만두었는데도 말입니다(80% 이상 출석해야 기능사 자격증을 받는 구조인데 정신과 면회 시간과 수업 시간이 겹쳐 어쩔 수 없었지요). 분양받은 주말 텃밭에서 키우던 가지며 토마토, 고추, 땅콩 등등도 가꾸러 갈 마음의 여유를 잃은 탓에 다른 분들에게 넘기고 말았습니다.

그다지 할 일 없는 딸과 너무 바쁜 엄마는 그나마 틈이 나는 대로 함께 동네 극장을 찾습니다. 서현이는 '태양의 마테차'와 '찡오랑(다리)'을, 저는 (갈릭파우더 소스를 뿌린) 감자 칩과 맥주 한잔을 들고 찾는 그곳을 저는 '숨어 있기 좋은 방'이라 부릅니다.

서현이가 퇴원할 무렵, 저는 고집스레 '사랑과 희망을 주는 장르 한정'으로 영화를 골랐습니다. 오죽하면 아무 생각 없이 보기에 딱 맞다는 이유로 〈알라딘〉을 세 번이나 보았을까요. 서현이가 퇴원한 뒤 '유사 우울증'에 시달리던 제게 위로가 됐던 영화 중에 〈이웃집 토토로〉와 〈토이 스토리4〉도 있습니다.

고어물에서 판타지, 애니메이션에서 시대극까지 영화 장르에 편견 없는 서현이가 가장 애정하는 영화는 미야자키 하야오 감독의 애니메이션입니다. 그러니 재개봉된 〈이웃집 토토로〉를 다시 보는 건, 그것이 단 하루, 한 번의 상영일지라도 결코 놓칠 수 없는 일이겠지요. 그날 저와 서현이는 어김없이 숨어 있기 좋은 방을 찾았습니다.

영화는 흔한 악역이 등장하는 대신, 아이들을 괴롭히는 일종의 상실감이 분위기를 지배했습니다. 아픈 엄마와 도시로 간 아빠, 그들을 찾아 가출한 동생 메이를 잃을까 쩔쩔매는 주인공 사츠키가 가여워 저도 새삼 눈을 크게 뜨고 보았습니다. 언젠가 한번쯤 만나고 싶은 토토로와 얼굴 없는 웃음으로 남은 체셔 고양이도 인상 깊었습니다. 서현이의 상태가 상태인 만큼 저는 토토로가 메이와 사츠키의 마음 치료를 돕는 심리상담가 혹은 정신과 전문의이고, 체셔 고양이는 토토로 선생님이 내려준 처방 약 같다고 생각했습니다. 먹는 즉시 그토록 아늑하고 안전한 느낌을 주는 약이라면 저 역시 꿀꺽하고 싶어집니다.

처음 〈토이 스토리4〉를 보았을 때, 저는 개비개비를 보면서 서현이를 생각했습니다. 자신을 결함 있는 존재로 여겨서 함께하고 싶은 아이 옆에 나서지 못하고 언제나 버림받을 것을 두려워하는 관절 인형 개비개비. 영화의 유일한 악역 캐릭터로 보였던 그녀가 결국엔 누군가를 선택하고 선택됨으로써 행복해지는 영화였기에 저는 서현이에게 적극적으로 관람을 권했고, 결국 함께 보았습니다.

그런데 서현이가 실제로 감정 이입한 캐릭터는 개비개비가 아니라 쓰레기통에서 태어난 장난감 포키였습니다. 눈만 뜨고 틈만

나면 쓰레기통으로의 귀환을 꿈꾸는 장난감 같은 장난감 아닌 장난감 포키! 맏형 같은 우디가 제아무리 장난감의 소명을 역설해도 포키에겐 그야말로 쓰레기봉투 터지는 소리일 뿐이지요.

누군가 옆에서 삶이 아무리 좋은 것이라고 일러주어도 죽음을 생각하는 사람들이 있습니다. 불행히도 제 딸 서현이도 그런 아이 중 한 명입니다. 삶의 기쁨을 열 가지 역설해도 고집스레 그것의 무가치함을 찾아내는 아이, 청명한 하늘 뒤의 미세먼지, 건강이 떠난 뒤의 질병, 노동 뒤의 가난, 젊음 지나 늙음, 예쁨 말고 추함, 그리고 스스로 선택하지 않은 죽음에 대한 공포…… 삶의 가치를 역설하기 위해 온 기력을 다 쏟는 엄마를 물고기처럼 피하고 황소처럼 밀어붙이다 "그냥 살 자신이 없어서 그래"라고 말하는 서현이를 보면 저도 가끔은 덧붙일 말이 없어집니다.

영화를 보면서도 그랬습니다. '쓰레기로 남고 싶다는데 그냥 내버려 두면 어때'라는 마음이 드는 순간이 있었습니다. 그런데 지성이면 감천이었을까요. 쓰레기통을 꿈꾸던 포키에게 변화의 산들바람이 불기 시작합니다. 영화의 마지막의 마지막, 장난감의 정체성을 받아들인 포키가 자신과 같은 곳에서 온 나이피에게 던지는 한마디가 제 마음을 물들입니다. 언젠가 제 딸 서현이도 어둠 속을 걷는 누군가에게 희망의 한마디를 나눠주는 사람이 되길 꿈꿔봅니다.

콘스탄틴

저는 웬만해서는 호러, 스릴러, 고어 장르의 영화를 보지 못합니다. 주인공이 곤란에 빠지는 장면을 죽도록 싫어하는 제가, 이런 장르물을 즐기지 못하는 것은 어찌 보면 당연하지요. 등장인물이 하나둘씩 유혈이 낭자한 채 죽어가면, 그들이 겪는 고통 때문에 제 마음도 점점 난처해집니다.

서현이가 추천해서 같이 본 〈콘스탄틴〉의 첫 장면은 '거 봐, 저럴 거 같더라니' 싶은, 가히 호러 영화의 클리셰와 함께 시작되더군요. 악령에 사로잡힌 여자가 기괴한 자세로 천장을 기어다니는, 바로 그 장면 있지 않나요?

첫 장면이 지나고 곧이어 주인공 레이첼 와이즈가 "콘스탄틴(키아누 리브스가 연기하는 극 중 퇴마사의 이름)"을 읊조리며 추락사하는 장면이 지나갑니다. '오마이 갓!'입니다. 첫 장면부터 놀란 저는 주인공이 추락하는 장면에서 소스라치고 맙니다. 무안한 마음에 옆에서 덤덤히 영화에 몰입하고 있는 서현이에게 "넌 왜 맨날 이런 영화만 보냐?" 하며 한마디 합니다. 저는 세상에 꿈과 희망을 주는 영화만 있으면 좋을 것 같습니다.

　〈콘스탄틴〉은 시작부터 제 맘에 들긴 그른 영화였는데, 실은 나쁘지 않았습니다. 인간과 혼혈종과 악마가 짝을 이뤄 기존의 종교적 함의를 살짝 뒤집는 모양새가 유쾌했습니다. 자살자는 천국에 들 수 없다는 영화 속 농담도 더없이 맘에 들었습니다. 천사 이미지에 과도하게 집착하는 서현이가 천국에 들 수 없는 그런 일에 다시는 마음을 쓰지 않으면 좋겠다고 생각했습니다. 서현이가 영화 속 농담을 들으며 무슨 생각을 했는지 궁금합니다.

우울증은 이겨내는 것이
아니라 ——— 견디는 것

　　　　　　　가수 이용의 〈잊혀진 계절〉이 라디오에
서 흘러나오던 날, 엄마와 딸은 미술관 옆 동물원을 찾았습니다.
알록달록 물감을 뿌린 듯한 단풍을 보기엔 늦었지만, 아직 옷깃
을 여미지는 않아도 되는 날씨였습니다. 왼쪽의 테마파크와 오른
쪽의 동물원 길을 번갈아 바라봅니다. 양쪽 모두 도시 한복판에
서는 보기 힘든 탁 트인 시야를 보여주니, 금세 새털 같은 마음이
되더군요. 어느 쪽이든 걷기에 좋은 길인 건 두말할 필요가 없는
데, 우리는 리프트를 타보기로 했습니다. 호수 위를 건너가게 되
어 있는 공중그네는 안전망이 확보된 만큼 적당히 짜릿했습니다.
호수 옆으로 늦가을의 한때를 즐기던 일행들이 까마귀의 습격으
로 음식을 빼앗기는 모습을 내려다볼 때는, 미안한 얘기지만 재

믾기도 했습니다.

동물원의 동선을 따라가다 보면 홍학 무리를 가장 처음 만나게 됩니다. 그들의 모습을 한동안 지켜보다 새삼 안타까운 마음이 들었습니다. 뮤지컬 〈호두까기 인형〉에 출연해서 단체로 군무나 선보이면 어울릴 만큼 우아한 녀석들인데, 실상은 살짝 다르더군요. 상대적으로 조금 작고 왜소해 보이는 홍학 한 마리를 어떤 녀석이 길고 날카로운 부리로 연신 쪼아대는 것입니다. 피하면 따라가고, 여기에 다른 홍학 몇 마리가 추격전에 가세합니다. 한가로이 물가를 거니는 다른 무리가 이걸 몰랐을 리 없는데, 악당 홍학을 말리거나 도망치는 홍학을 감싸는 홍학은 한 마리도 없었습니다.

"동물 세계도 왕따 문제가 심각하구나."

저는 안타까운 마음에 한마디 내뱉고는 슬쩍 서현이의 눈치를 살폈습니다. 까마귀 떼 습격 사건을 내려다볼 때와는 또 다른 감정일 것 같아서입니다.

"너무 불쌍하다. 그치?"

저의 질문 아닌 질문에 서현이는 "동물들 세계가 다 그렇지 뭐"라며 대수롭지 않은 듯 넘깁니다. 서현이는 조금 성가신 질문을 받으면 언제나 짧고 무심한 답변으로 상대의 입을 막곤 합니다.

"엄마, 나는 작고 귀여운 새가 좋아. 다시 태어나면 참새나 뭐 그런 작은 새가 되고 싶어."

"왜? 참새구이 되려고? 새가 되려면 독수리가 낫지. 천적도 없다는데."

천적이 없다는 말에 잠시 솔깃하던 서현이가 "그래도 나는 작은 새!"에 한 표를 던지는 사이, 어느새 파충류관에 이르렀습니다. 옛 영화의 추억을 소환하여 들른 미술관 옆 동물원엔 악어가 살더군요. 언젠가 서현이가 학교 과제로 제출한 그림이 떠오릅니다. 고깔모자를 쓰고 친구를 기다리던 작은 아이가, 침대 밑에 사는 악어 때문에 고통받는 이야기를 담은 그림입니다. 제목은 '우울증'이었지요.

서현이의 내면 어딘가엔 악어가 삽니다. '마음속'에 산다는 표현을 쉽게 쓸 수 없는 건, 그 악어가 서현이의 머릿속에 사는지 마음에 머무는지 사실 알 도리가 없기 때문입니다. 우울증이나 양극성 성격장애 관련 자료들이나 현대의학에서 힌트를 찾자면, 서현이 내면의 악어는 생화학과 유전, 그리고 환경의 소용돌이가 만들어낸 '그 무엇'입니다. 한 사람의 우울증에는 1백 가지의 유발인자가 존재하는 셈이니, 그 인과관계를 밝히기란 쉽지 않지요. 또한, 우울증은 실제 겪어보기 전엔 고통의 정도 역시 가늠하기 어렵습니다. 숨이 턱 밑까지 조여지고 물속에 가라앉는 느낌 같은 건, 이러저러한 방식의 설명을 들어도 솔직히 잘 와닿지 않습니다.

서현이를 통해 어렴풋이 느꼈거나, 책에서 읽은 우울증의 양상들 역시 언제나 제 이해를 비껴가기 일쑤였습니다. 다만, 인생에서 가장 슬프고 무기력했던 어떤 날이 끝없이 계속되는 느낌 같은 거라면 그건 너무 고통스러울 거라고 짐작만 할 뿐입니다.

고개를 무릎에 묻은 채 울고 있는 딸을 보며 저는 뭘 어떻게 해야 할지 몰라 막막할 때가 많았습니다. "너의 고통을 이해한다" 같은 말들은 공허한 메아리조차 되지 못했고요. 귀를 막는 서현에게 "뭘 그깟 일로", "고만 좀 하지?", "너만 힘드냐?" 같은 말로 비수를 꽂은 적도 없다고는 말 못 하겠습니다. 하지만 이제 더는 서현이 혼자 힘든 시간을 보내게 하고 싶지 않습니다.

흔히들 우울증은 이겨내는 것이 아니라 견디는 것이라고 합니다. 우울증이라는 악어로부터 안전망을 치고, 바리케이드를 걸고, 희망을 길어 올리는 일, 혼자는 못 할 일인 것 같습니다. 부족한 엄마지만, 힘든 시간을 견딜 기술이 필요한 딸의 곁에 함께 있어 주고 싶습니다. 때론 현실을 일깨워주고, 때론 희망을 밝혀주는 신호등 같은 존재로 말이지요.

"울고 난 후에는 운 만큼 강해져라."

영화 〈불량공주 모모코〉의 대사다.

그때는 뭐가 그렇게 무서웠을까?

나는 그냥 조금 더 헤맸던 것뿐인데.

작은 산 하나를 넘어온 지금,

나는 혼자 울었던 만큼 강해졌을까?

사랑하는 사람들과 함께라면

삐뚤삐뚤 알 수 없는 길이라도

걸어갈 수 있을 것 같은 용기가 생긴다.

아무 일도 하지 않는 것보다
실수하는 편이 —— 낫다

.
.

"마릴라 아주머니, 내일을 생각하면 기분 좋지 않으세요? 내일
은 아직 아무 실수도 저지르지 않은 새로운 날이잖아요."

"내 보증하마. 앤, 넌 내일도 실수를 수두룩이 저지를 거야."

—『빨간 머리 앤』 중에서

서현이가 좋아하는 것들은 토니 스타크식으로 말하면 3천만
큼 많습니다.(영화 〈어벤져스〉에서 토니의 딸 모건은 알고 있는 숫자 중
에서 가장 큰 숫자인 3000만큼, 아빠를 사랑한다고 말하지요.) 그 깨알 같
은 '최애' 목록 어디쯤 류이치 사카모토의 영화 음악과 〈불량공
주 모모코〉와 디즈니 공주님들 그리고 귀로 듣는 19금 만화 등등
이 표류합니다. 넷플릭스에서 '절찬 상영'되었던 〈빨간 머리 앤〉

도 빼놓으면 섭섭합니다.

서현이의 성화로 〈빨간 머리 앤〉의 시즌 예고편을 본 얼마 뒤, 서점의 눈에 띄는 매대에서 문제의 책을 발견했습니다. '이게 클래식의 힘인지, 유행의 힘인지' 가늠하며 책장을 휙 휙 넘겨보다가 저는 위의 대화에서 그만 빵 터지고 말았습니다.

"넌 내일도 실수를 수두룩이 저지를 거야."

이건 서현이에게 제가 수시로 느끼는 마음의 소리이면서, 높은 확률로 들어맞는 슬픈 예감이니까요. 서현이는 지난해 12월 코엑스에서 열린 서울일러스트레이션페어에 참가하여 부스를 개설한다고 했습니다. 그때, 저는 잘됐다고 잘할 수 있을 거라고 말해주었지만, 속내는 조금 달랐습니다. 그 무렵은 서현이 몸 이곳저곳의 흉터와 상처가 간신히 아물고 있었고(샴푸 때문에 생긴 곰팡이는 제외하고), 머리카락을 식은땀에 젖게 하던 악몽도 줄어들던 때였습니다. 다가올 봄학기 복학은 시기상조라는 결론 끝에 용돈이라도 벌겠다며 방문 미술 지도를 막 시작했던 참이었고요. 잠이 오지 않는다며, 혹은 가위눌렸다고 새벽 2~3시에 제 머리맡에 서 있는 바람에 정작 저를 가위눌리게 하던 일도 가을 찬바람과 함께 서서히 잦아들고 있었습니다. 이제 겨우 한고비를 넘긴 서현이가 숨 돌릴 틈 없이 그런 큰일을 해낼지 저는 살짝 불안했습니다. 솔직히 '서현아, 네가 앞으로 뭘 하든 하지 마라'라는 말을 하고 싶었습니다.

하지만 당연히 그건 안 될 말이지요. 게다가 요즘 애들, 말린다고 듣던가요. 서현이에게 자존감을 일깨워줄 일이 필요하다는 애들 아빠의 말도 백번 옳았고요. 다행히 샴푸를 지극정성으로 돌보는 일 외에 특별히 하는 일 없고, 마음 둘 곳도 없던 서현이는 다가올 행사에 큰 의욕을 보이더군요.

일러스트레이션페어를 한 달쯤 앞둔 때였습니다. 사무국에 부스 대여 비용을 완납해야 하는데 그 액수가 무려 80만 원에 육박했습니다. 세상에 공짜가 없는 건 당연하고, 그런 돈이 서현이에게 없는 것은 더 당연한 이치였지요. 고양이 샴푸의 치료비와 사료비에, (곧 죽어도 일단 바꾸고 본) 휴대폰 비용을 마련하는 것만으로도 충분히 허덕이는 중이었으니까요. 털어도 먼지밖에 없는 서현이가 뭔가를 간절히 원할 때, 온 우주가 돕기는커녕 엄마가 나서야 하는 상황이었지요. 결국, 두 달간의 용돈을 미리 주고, 아빠가 격려 차원으로 보태준 30만 원을 모아 가까스로 참가비를 마련했습니다.

참가자가 좋은 디자인의 상품을 만들어 나흘 동안 부스 방문자에게 직접 판매하는 것이 모름지기 일러스트레이션페어의 목표일 겁니다. 그런데 참가 보름을 앞두고도 서현이는 태블릿(노트북과 연동하여 그림을 그리는 전자 스케치북)에 코를 박고 디자인에만 열중할 뿐, 판매를 위한 상품은 하나도 발주하지 않더군요.

일의 완성을 앞에 두고 포기하거나 도망치는 것이 서현이의 오랜 습관임을 알기에, 저는 가끔 채근도 하고 눈치도 보면서 어서 빨리 패닉 괴물이 깨어나기를 바랐습니다.

혹시 패닉 괴물이라고 들어본 적 있으신가요? 팀 어번이라는 작가가 테드 강연을 통해 '할 일을 미루는 사람들의 심리'에 대해 들려준 적이 있는데요, 할 일을 끝없이, 끝없이, 끝도 없이 미루는 사람들은 내면의 패닉 괴물이 깨어날 때라야 비로소 미루기의 악순환에서 벗어날 수 있다는 게 강연의 요지였습니다. 저는 여러 차례 서현이에게 물었습니다.

"서현아, 슬슬 패닉 괴물 좀 깨워보지 그러냐?"

결국, 깨어나긴 했습니다. 조금 늦은 감이 있다는 게 문제였지만요. 행사 오프닝을 하루 앞둔 날, 서현이는 제가 운전하는 차를 빌려 타고 건대 앞과 충무로와 일산 일대를 헤집고 다니며 직접 디자인해서 제작 의뢰한 엽서며 포스터(완성본이 나오지 않아 그날은 허탕), 열쇠고리, 휴대폰 케이스 등을 찾았습니다. 그리고 소금에 너무 오래 절인 배추처럼 되어 돌아온 집에서 저와 다시 감정적인 소모전을 치렀고요. 부엌 식탁과 싱크대 앞에서 서로 대치한 채 말입니다. 서로 오랫동안 참아온 불만의 감정이 드디어 폭발한 것이니, 사실 올 것이 온 겁니다. 사소한 잔소리와 빈정거림이 탁구공처럼 오가는 사이 서현이의 화가 불기둥처럼 치솟았습니다. 거대한 화염은 다시 뾰족하게 끝을 벼른 불화살이 되어 제게 내리꽂혔고요.

"내가 알아서 한다고 몇 번을 말해?"

식탁 위에 있는 물건을 집어 던지는 통에 놀란 샴푸가 급작스레 튀어 방으로 사라집니다. 엄마가 같은 내용을 계속 확인한 건, 질문할 때마다 네가 매번 다른 말로 둘러대서라고 설명해도 서현이는 듣지를 않습니다. 그저 자기연민과 긴장감, 그리고 타인에 대한 원망이 뒤범벅된 채 눈물을 쏟아낼 뿐입니다.

우울증을 앓고 있는 사람에게 감정의 평정을 유지하라고 요구하는 건, 오래 굶은 고양이에게 참치를 잘 보관하라는 것처럼 무책임한 일입니다. 감정의 격발을 참아내지 못하니 우울증인 겁니다. 누구보다 그 사실을 잘 알지만, 매번 위기에 몰리거나 상황이 나쁠 때, 뇌관을 제거하려는 노력 대신 외려 안전핀을 뽑고 구명보트의 바람을 빼는 서현이를 보면 정말이지 꼬집어주고 싶습니다.

서현이가 모처럼 세상 밖에서 결기를 다지려는데, 너무 지치고 힘든 전야를 보냈습니다. 결과가 좋다고 좋지 않은 과정까지 상쇄되진 않지만, 다행히 서현이는 일러스트레이션페어를 무사히 치러냈습니다. 방문 미술 교사 일로 번 첫 번째 월급을 몽땅 털어 넣어 제작한 상품들은 첫날 불티나게 팔려나가 매일 아침 동네 인쇄소로 발품을 팔아야 했고요. 함께 캐릭터 가게를 내보자는 솔깃한 제안도 있었고, 책을 내보자는 소식도 날아들었습니다. 온몸과 마음에서 색이란 색이 전부 빠져나간 듯 빛바랬던 서현이는 일러스트레이션페어가 열린 나흘 내내 생기로 반짝반짝 빛이 났습니다. 행사 3일째, 온 가족이 현장을 방문했을 때, 좀처럼 말이 없던 셋째 재연이가 한마디 하더군요.

"큰누나 대단하다. 맨날 잠만 자는 줄 알았더니."

하지만 휴먼다큐 속 성공담에는 언제나 '비하인드 스토리'가 있기 마련입니다. 일러스트레이션페어가 끝난 지 보름 뒤에도 서현이는 (물건이 모자라) 주문만 받았던 의뢰자들에게 상품을 배송하지 못했습니다. 왜냐구요? 일러스트레이션페어에서 벌어들인 순수익을 날리고도 모자랄 '멍청 비용'이 끝없이 지출되었기 때문입니다. 포장에, 포장에, 포장에, 포장에, 포장(열쇠고리 하나를 비닐, 하드커버, 뽁뽁이, 화선지, 다시 핑크 빛깔 상자에 넣었으니까요. 오직 예쁘게 보이려고 규격 아닌 상자를 사용한 덕분에 8,000원짜리 열쇠고리 하나의 배송비용은 3,500원으로 치솟았습니다)을 더한 열쇠고리 수십 개를 우체국에 부려놓았는데, 수신인과 발신인이 몽땅 뒤바뀌는 바람에 허탕 치고 돌아온 날도 있었습니다.

네, 제가 장담하길, 서현이는 내일도 실수를 수두룩이 저지를 겁니다. 그렇지만 아무것도 하지 않는 서현이보다 실수하는 서현이가 만 배 낫습니다. 혹시 모르지요. 서현이도 이제 가끔 내일을 생각하면 기분이 좋을지 말입니다.

시차와 매듭은
각자의 ──── 방식으로

밤새 모니터에 튀긴 침이 마르기도 전에

강의실로, 아 참, 교수님이 문신 땜에 긴 팔 입고 오래

난 시작도 전에 눈을 감았지, 날 한심하게 볼 게 뻔하니

(중략)

야, 일찍 일어나야 성공해 안 그래?

맞는 말이지 다, 근데 니들이 꿈을 꾸던 그 시간에

나도 꿈을 꿨지, 두 눈 똑바로 뜬 채로

　　　　　　　　　　　　　　　　—우원재, 〈시차(We Are)〉

　저는 랩이라고는 조금도 모릅니다. 〈시차(We Are)〉는 오래전
노래라는데, 얼마 전에 처음 들었습니다. 커다란 헤드폰을 귀마

개 모자처럼 쓰고 공원을 산책하다 말이지요. 문신을 한심하게 보는 교수님, 성공하려면 일찍 일어나라 충고하는 '꼰대'가 바로 저인 것 같아서 뜨끔하더군요. "니들이 꿈을 꾸던 시간에 나도 꿈을 꿨지, 두 눈 똑바로 뜬 채로"라는 가사와 〈시차〉라는 제목이 어쩜 그렇게 맞춤하게 어울리던지요. 노래를 들으면서, '서현이가 꿈을 꾸던 그 시간'을 제가 일방적으로 '시차 적응'시키려 했던 건 아닌지 반성했습니다.

서현이가 만든 책이 세상에 나왔습니다. 일러스트레이션페어에 부스를 열고 얼마 지나지 않아 서현이는 책을 기획해보라는 제안을 받았습니다. 크라우드 펀딩 플랫폼으로 잘 알려진 텀블벅이라는 곳에서 말입니다. 하루가 다르게 예스러워지는 저는, 서현이에게 크라우드 펀딩에 관해 설명을 듣고도 무슨 말인지 통 몰랐습니다.

"그러니까 사람들한테 먼저 돈을 내놓으라고 해서 책을 만든다고?"

"그치. 근데 목표 금액을 후원받아야 책을 낼 수 있어."

저의 시시콜콜한 질문에 답은 하지만 서현이의 표정이나 말투에는 '그것도 모르나'라는 성가심이 역력합니다. 어쨌거나 콩 채에 설탕 거르듯 돈이 새는 서현이가 책을 낸다면, 이보다 맞춤한 방식이 있을까 싶습니다. 세상은 넓고 책을 내는 방법도 참으로 다양한가 봅니다. 책 만들기 프로젝트에 돌입한 서현이는 미루고 멈추고 도망가는 버릇은 잠시 내려놓기로 했는지 후다닥 기획서를 보내고 샘플 작업까지 금세 마치더군요. 그림을 그리고, 소개 글을 만들고, 후원자들을 위한 선물을 보태 뚝딱뚝딱 뚝심으로 밀어붙인 책의 후원이 시작된 날, 어라? 당일 100% 후원을 넘어서더니, 자고 나면 후원하는 분들이 쑥쑥 늘었습니다.

정작 본인은 크게 마음을 쓰지 않는 눈치인데, 저는 신기하고 기쁜 마음에 아침저녁으로 상황판을 들여다보았고요. 한 달여의 후원 레이스는 1,372%라는 감사한 결과로 마무리되었습니다. 관심과 애정 어린 후원의 결과를 마주한 서현이는 한동안 집안에서 가장 바쁜 사람이 되었지요. 코로나19의 영향으로 사회적 거리 두기가 한창이었는데, 그렇지 않아도 외출이 드물던 서현이는 말 그대로 방구석에 콕 처박힌 채 자발적 격리의 길로 들어섰습니다. 식탁에서 소파로, 소파에서 다시 침대로 메뚜기처럼 옮겨 다니며 그림을 그렸지요. 서현이가 감당하기에 조금 아슬아슬하다 싶은 사건 사고가 몇 번 있었지만, 무사히 고비를 넘겨 다행이었고요. 마침내 5백여 권의 책이 네 개의 상자에 담겨 집에 도착했을 땐, 저도 눈물이 날 만큼 기뻤습니다. 세상에 처음 나온 서현이의 책이니까요. 앞으로 더 훌륭한 책을 낼 수는 있어도, 첫 작품은 상자 속에 담겨 온, 그 책으로 영원히 남겠지요.

언제였을까요? 도무지 아무 일에도 의욕을 보이지 않던 딸에게 "너는 뭐가 좋으냐?"고, "뭘 하고 살면 좋겠냐?"고 악다구니하듯 물은 적이 있습니다. 저의 다그침에 넋을 놓은 서현이는 "맛있는 거 먹으면서 힘 안 들이고, 편안하게 살고 싶다"라고 느릿느릿 말하더군요. 그렇게 식물 같은 삶을 살아도 괜찮은 건지, 너무 속이 상해서 저는 말을 잇지 못했습니다.

그랬던 서현이가 창작의 고통 속에 자발적으로 발을 내민 겁니다. 훨씬 덜 편안하지만 좀 더 희망적인 길이라 생각합니다. 매사 서투른 탓에 크고 작은 위기를 맞긴 했어도, 서현이는 책을 만드는 내내 끝까지 '방향키'에 올린 손을 떼지 않았습니다. 일의 완성을 앞두고 늘 도망가기 바빴던 서현이가 끝까지 제 자리를 지키는 모습이 대견했습니다.

책 배송을 모두 끝낸 뒤, 서현이와 〈마녀 배달부 키키〉를 함께 보았지요. 영화 속 키키는 마녀의 소명을 타고났지만 어떤 마녀가 될지는 스스로 정해야 하는 아이입니다. 빗자루를 타고 바닷가 마을에 날아온 키키는 배달부가 되기로 마음먹고요. 남들이 보기엔 하찮을지라도, 본인이 좋아하고 잘할 수 있는 일을 찾아나선 키키와 일류가 되기보단 마음이 원하는 길을 따라 걷는 서현이가 어쩐지 닮은 듯도 합니다. 그리고 그런 딸을 이제야 조금 이해하는 저는 심하게 '뒷북' 엄마겠지요.

4장

:

우울증 딸로부터
내 삶 지키기

기댈 수 있도록 어깨를 빌려주고,
혼자가 아님을 알게 해주고,
다 잘될 거라고 진심으로 믿고 지지하고 기다려주는
넉넉한 마음이, 세상의 많은 서현이들을
살게 하는 마중물이 되지 않을까요?

과보호 ─ 금지,
무관심 ─ 금지
.
.

　　　　　　　가끔, 속을 터놓을 만큼 가까운 친구나
이웃들과 아이들에 관한 이야기를 나눌 때가 있습니다. 처음에
는 행여 질세라 자랑 일색이지만, 함께 지낸 시간이 여문 뒤에는
자기 아이들의 흉허물도 넌지시 꺼내놓게 됩니다. 입이 떡 벌어
질 만큼 잘 자라줘서 고마운 아들, 딸 이야기도 많이 듣지만, 위로
가 사치일 만큼 자식 농사가 엉망인 경우도 적지 않습니다. 서현
이처럼 학교를 졸업하거나 중퇴한 뒤, 집에만 칩거하는 아이들도
생각보다 많습니다. 그 아이들 모두 문제가 있는 건 아닙니다. 그
렇지만 굳이 히키코모리와 연관 지을 필요도 없이, 장기적인 칩
거는 부모에게 커다란 걱정거리입니다.

　저처럼 아이 셋을 키우는 이웃 언니 A가 있습니다. 오랫동안

이런저런 이야기를 하다 보니, 상대방 집의 숟가락 수는 못 세도 아이들 크는 이야기는 서로 빠삭합니다. 언니의 첫째 아들은 서양화를 전공했는데, 어려서부터 아토피로 고생했고 낯가림도 심했습니다. 대학에 가서 큰 문제를 일으킨 건 아닙니다. 다만 학교에 가는 걸 힘들어해 결석이 잦았고 친구들과 잘 어울리지 못하면서 휴학, 군입대, 복학, 휴학을 반복했습니다. 보통보다 한참 늦은 나이에 어렵게 학교를 졸업했지만, 현재는 별 하는 일 없이 집 안에 칩거 중입니다.

또 다른 이웃 B는 폭력적인 성향의 아들 때문에 마음고생이 심했습니다. 초등 저학년일 때부터 엄마 B는 자주 학교에 불려 가곤 했지요. 고등학생이 되어서도 학교에 잘 적응하지 못하던 B의 아들은 강제 전학의 위기 끝에 결국 혼자 캐나다 유학길에 올랐습니다. B는 제가 아이의 안부를 물을 때마다 "아들이 한국에 돌아오게 해달라고 간청하지만 절대 허락하지 않을 생각"이라고 하더군요. 그런데 어느 날, 동네 공원에서 B의 아들이 인사를 해서 깜짝 놀랐습니다. 영구 귀국한 지 6개월쯤 됐고, 학교는 쉬고 있다고 했습니다. 엄마와 아들이 돌이킬 수 없이 사이가 나빠 집 안이 전쟁터가 됐다는 이야기는 다른 친구에게 들었습니다.

세상엔 엄친아들, 엄친딸이 많고 많은데 제 주변을 보면 자식이 거저 잘 자라 준 경우는 흔치 않은 것 같습니다. "애 볼래? 밭 갈래?" 하면 모두 호미 들고 나선다고 하더니, 옛말에 틀린 말 없나 봅니다. 밭농사는 망쳐도 잠깐 속상하면 되지만, 자식 농사는 (잘못되면) 평생 후회를 남기니까요. 밭일이 잘못되면 하늘 탓이라도 할 수 있지만 자식이 잘못되면 부모는 평생 죄인이 됩니다.

이웃 언니 A, 후배 B, 그리고 저 역시 자식을 아끼고 사랑하는 마음은 다르지 않았다고 생각합니다. 다만, 키우는 과정에서 서툴고 모자람이 도드라졌을 뿐입니다. 부모가 어떻게 키웠건, 운 좋게 잘 자란 아이도 있습니다. 그렇지만 일단 문제가 드러난 아이의 경우, 좀 더 큰 문제로 나아가는 두 번째 단계는 부모의 '그 릇된 태도'에도 책임이 있는 것 같습니다. 아이가 잘못된 것이 전적으로 부모의 잘못인 듯 문제를 떠안으려 하거나, 아이에게 실망한 나머지 무관심해지는 부모 모두, 자식 농사에 잘못을 저지른 셈이고요.

이웃 언니 A는 아들이 집에만 있는 게 속상한 한편, 오히려 마음은 편안하다고 합니다. 착하지만 심지 약한 아들이 학교에 다니는 동안, 가시밭길을 걷는 듯 불안했다면서 말입니다. 아들의 은둔 덕택에 찾아온 '오늘의 평안'에 감사하는 언니에게 저는 어떤 말도 보태지 않았습니다. 아이를 키우는 내내 가슴 졸이며 애면글면한 그 마음을, 비슷한 처지의 제가 모를 리 없으니까요.

서현이가 퇴원하고 집에만 머물면서 실은 저도 심장이 덜컥 내려앉는 일이 줄었습니다. 그런데 서현이의 칩거가 1년을 넘어서면서 문제가 좀 생겼습니다. 어느새 딸의 '방콕'이 엄마에게 몸에 밴 습관처럼 편안하게 되어버린 겁니다. 이렇다 보니 하루의 일과가 너무 뻔한 서현이가 예고 없이 집을 나서면 '어린애를 혼자 내보낸 듯' 저는 금세 좌불안석이 됩니다. 친구들과 떠난다는 여행에도 '어디를 누구랑 어떻게 가는지' 깨알처럼 캐묻고요. 말이 좋아 관심이지, 누가 봐도 과보호입니다. 이래서야 언젠가 딸이 독립해서 집을 나갈 때 감당할 수 있으려나 모르겠습니다.

"영어 학원에 좀 다녀보면 어때?"

"운전은 좀 그런가?"

"동화책 만드는 소모임이 있던데⋯⋯."

날로 소심해지는 마음이 싫기에 요즘 저는 틈만 나면 서현에게 부러 '집 밖'을 권해봅니다.

호시탐탐 과보호를 향해 좁아지는 제 마음을, 밀가루 반죽 밀 듯 쭉쭉 밀어 넓히고 싶습니다. 집에만 있다고 서현이의 세계가 좁은 건 결코 아닌 것처럼, 딸이 원해서 운동화 끈을 묶을 땐 믿으며 보내줘야겠지요. 과보호는 금지입니다.

예의는 지키되 원칙과
경계는 ── 단호하게

코로나19의 영향으로 사회적 거리 두기와 생활 속 거리 두기가 무한 반복 중입니다. 고등학생 한 명과 대학생 두 명, 여기에 강아지와 고양이가 매일 함께 복작거리다 보니, 집안 공기가 탁할 지경입니다. 한 명이라도 인구밀도를 줄여보자는 심산은 아니지만, 저는 오전 11시 무렵엔 외출을 감행합니다.

가는 곳은 그때그때 다릅니다. 친구들도 만나고 운동도 하고 도서관에도 갑니다. 영화도 보고 장도 보고 시댁과 친정도 방문합니다. 어찌 됐건 자리보전이 필요할 만큼 아프지 않으면 하루에 한 번은 일단 집을 나오고 봅니다. 그게 저의 리듬입니다.

엄마는 새벽 5시면 어김없이 잠에서 깨는 아침형 인간인데, 아이들은 다릅니다. 심지어 제가 일어나는 시간에 비로소 잠드는 아이도 있습니다. 해가 뜨는지 지는지 상관없이 꿀잠을 자는 동생들을 보면서 가끔 서현이가 뼈 있는 농담을 던지기도 합니다. 쟤들이 편하게 늦잠을 자는 건 다 자신 덕이라나요. 엄마가 낮 밤 바뀐 큰딸과 싸우는 데 지쳐 동생들에게는 관대해졌다고 생각하나 봅니다. 틀린 말은 아닙니다.

우울증을 앓고 있는 사람에게 뭔가를 강요하는 건 옳지 않습니다. 밥 먹어라, 공부해라, 일어나라, 약 먹어라, 씻어라, 말아라……. 어디로 보나 가시 돋친 말이 아닌데 받아들이는 당사자는 말의 가시에 찔려버린 듯 힘들어합니다. 마음의 바닥에 가라앉은 이들은 숨 쉬는 일 빼고는 죄다 노력이 필요한 일로 인지하는 경향이 있습니다. 생각의 회로가 곧잘 부정적인 방향으로 구부러지기에, "밥을 먹으라고? 그럼 일어나야 하는데? 귀찮아. 밥은 무슨 밥" 하고 어이없는 방향으로 생각이 흘러버리는 일도 곧잘 생깁니다.

여기에 착한 성정까지 어우러지면 상황은 더 나빠집니다. '엄마가 힘들게 차렸는데, 밥을 안 먹다니 나는 정말 나쁜 X야' 하며 기어이 악화가 양화를 구축하고 맙니다. 여기다 제때 밥 좀 안 먹는 일로 엄마가 화까지 내버리면 상황은 이보다 더 나쁠 수 없지요. 서현이는 정말 그깟 일로 머리카락 풀어헤치고 집까지 나간 일도 많습니다.

우울증에 걸리는 성격이 따로 있는 건 아니지만, 보통 내성적인 데다 남에게 싫은 소리 잘 못 하고 일단 참고 보는 유형의 사람들이 우울증에 걸리면 그야말로 '딱 걸린' 꼴입니다. 우울증 때문에 몸과 마음이 힘든 것도 모자라 가족들이나 주변인들의 눈치까지 보느라 '죽을 맛'이 되는 모양입니다.

우울증으로 힘든 이들에게 상처를 주고 회복 불가능한 지점으로 몰아세우긴 어렵지 않습니다. 악의를 담은 표정과 말투에 이 정도 표현이면 충분할 겁니다.

"내가 너 때문에 못 살아."

"이것도 못 하냐, 이것도?"

"너는 내가 보기엔 글렀어."

서현이와 하루가 멀다고 싸우던 시절의 저는, 이런 식의 융단 폭격을 무시로 떨구곤 했지요. 무자비한 마지막 필살기도 있습니다. 바로 이 말입니다.

"엄마는 상관 안 할 거니까, 네 맘대로 해".

서현이가 학원을 빼먹고 증발했을 때도, 어처구니없는 성적표를 받아 왔을 때도, 렌즈며 안경이며 돈을 수시로 잃어버릴 때도, 혹은 벽 쪽을 향해 누운 채 미동 없이 하루를 보내는 어떤 날에도 저는 잔뜩 주눅 든 딸에게 험한 말들을 쏟아부었지요. 누군가가 저에게 했다면 너무나 속상했을 그런 말들. 지금 생각하면 어이가 없습니다. 간섭하고 무시하는 말들을 무차별적으로 날려놓고는 결국엔 '네 맘대로 하라'니요. 맘대로 했다간 뼈도 못 추릴 것 같은데요. 서현이가 저의 '가스라이팅'에 치를 떠는 이유를 어렴풋이 알 것도 같습니다.

우울증 환자인 서현이와 같은 공간에서 생활하는 일은 때로, 살얼음판을 걷는 것과 비슷합니다. 조심하려고 온 신경을 집중하고, 무감각해지려고 노력해도 불안한 평화가 깨지는 건 언제나 시간문제입니다. 안전을 확보하려면 세심한 노력이 필요하지요. 일단, 먹고 자고 깨는 일은 본인의 리듬대로 두는 편이 좋더군요. 억지로 깨웠는데 분노를 반찬 삼아 밥 한술을 뜬 뒤, 다시 잠들어버리면 아무 소용이 없습니다.

서로 간의 약속에 대해서도 마음을 느슨하게 갖는 게 피차 편안합니다. 예를 들면, 미리 예매해둔 영화를 보기 위해 집을 나설 시간인데, 이유를 말하지 않으면서 서현이가 못 가겠다고 하면 굳이 실랑이하지 말아야 합니다. 말은 이렇게 하지만 저도 가끔 이런 일에 복장이 터집니다. "가기 싫으면 진작 말했어야지"라는 소리를 기어이 하고 마니까요.

부글부글 끓는 마음에 한마디 해본댔자 "예매한 돈 아까우면 주면 될 거 아니야?"라는 소리나 듣게 됩니다. 굳이 신경전으로 감정만 상하느니 차라리 '그래, 너는 우울증이니까' 하는 마음으로 체념하거나 털어버리는 쪽이 낫습니다. 대신, 병원 예약이나 일가친척이 모이는 가족 행사처럼 공적인 일정을 앞뒀다면, 미리 여러 번에 걸쳐 양해를 구했을 때 먹힐 확률이 높습니다. 반복할수록 세뇌 효과가 높고, 정말 중요한 일로 인식해서 책임감도 높아지더군요.

저는 어지간한 일은 서현이의 우울증을 핑계 삼아 눈감아주는데, 좀처럼 합의점을 찾기 어려운 일도 있습니다. 정리정돈을 뒷전으로 미루는 서현이의 성향이 그렇습니다. 청결을 강박적으로 밝히는 저와 지저분할수록 예술적 영감이 솟는 (건가 싶은) 서현이에게 청소는 언제나 고르디우스의 매듭입니다. 어제도, 오늘도, 어쩌면 내일도 '치우는' 일만큼은 뾰족한 해결책이 없을 것 같은 불길한 예감이 듭니다.

서현이는 가끔 엄마인 제가 받아들일 수 없고, 그러기를 원치 않는 행동을 할 때가 있습니다. 쉽지 않지만, 그럴 땐 원칙과 경계를 단호하게 설정해야 합니다. 우울증을 앓는다고 서현이의 모든 말과 행동에 면죄부를 줄 수는 없으니까요. 가령, 휴대폰 요금을 제때 내지 못해 통화 기능이 정지될 때가 있습니다. 이럴 때 서현이가 원하면 대신 내주지만 다음 달 용돈에서 빌려준 만큼 반드시 빼는 식입니다.

당연한 이야기지만, 우울증을 앓는다고 절대 '괴물'이 되는 건 아닙니다. 서현이는 좋은 말로 하면 대체로 알아듣습니다. 예민해서 상처받기 쉬울 뿐입니다. 상처 주지 않으려는 상대방의 노력도, 예민하기에 더 빨리 눈치채고 고마워할 줄 압니다. 사람과 사람 사이에 지켜야 할 예의가 결국 우울증 환자와 그 가족에게도 똑같이 적용되는 것 같습니다. 상대방에게 자기 생각을 강요하지 않고, 함께 세운 규칙을 지키고, 함부로 경계를 넘지 않을 것, 그 정도면 충분합니다.

어렸을 때는 사사건건 간섭하는 엄마가 너무 밉고 싫었다.

시간이 지나면서 엄마를 조금씩 이해하게 됐다.

그런데 엄마가 잘못한 게 아니라는 생각이 드니까

이번엔 나 자신이 너무 미웠다.

그러다 엄마를 마음 아프게 하는 것보다

차라리 죽는 게 낫지 않을까 하는 생각도 하게 됐다.

감정의 롤러코스터에
함께 ── 타지 않기

    평생 처음 119구급차를 탔던 게 지난해
늦봄이었는데, 어느새 그 계절이 다시 돌아왔습니다. 공교롭게도
이 글을 쓴 날은 '그날' 이후 꼭 1년 후입니다. 하늘이 맑은 건 그
날과 같지만, 코로나19의 습격으로 일상은 참 많이 달라졌습니
다. 서현이와 엄마의 관계도 은근슬쩍 달라졌고요. 서현이가 퇴
원하고 집으로 온 지 얼마 안 됐을 때는 화장실도 따라가야 하지
않을까 하며 겁을 먹었는데, 이제는 둘 다 서로 나가주면 고마운
눈치입니다.

  서현이는 일단, 아직 학교로 돌아가지 않았습니다. "마무리할
일도 많고, 자신도 없다"는 서현이의 입장을 존중했습니다. 얼마
전에 면담한 주치의 선생님은 "서현이가 실제로 회복되었는지

제대로 판단하려면 사회생활 복귀가 선행되어야 한다"고 하시더 군요. 이 때문에 항우울제 복용이 길어졌습니다.

서현이는 한 달에 한 번 주치의 선생님을 만나 짧은 면담을 하고, 약을 처방받습니다. 치료가 진행되는 동안 약의 종류가 바뀐 적은 없습니다. 복약 부작용은 크게 없어 보입니다. 의존도가 높아지는 건 어쩔 수 없겠지요.

일주일에 한 번은 같은 과의 다른 선생님에게 상담 치료를 받습니다. 50분 정도 상담이 이어지는데, 이때 어떤 이야기가 오가는지 저는 모릅니다. "선생님이랑 어떤 이야기해?" 하고 가끔 물어보면 웃기만 할 뿐 별말이 없습니다. 그래도 상담을 마치고 나오는 서현이가 밝은 표정을 짓거나 후련했다고 하면 저도 덩달아 마음이 가볍습니다.

"오늘은 선생님이 내가 좀 솔직하지 않다고 생각하시는 거 같아."

저는 서현이의 상담 치료에 주제넘게 끼어들고 싶지 않기에 "좀 솔직하지 그랬냐" 정도로만 맞장구를 칩니다. 누구에게나 감추고 싶은 비밀이 있을 텐데, 정신과 선생님답게 또 그걸 매의 눈으로 발견하는가 봅니다.

"오늘은 엄마랑 싸운 이야기를 했는데, 선생님이 엄마한테 그런 말 들으면 기분이 어떠냐고 물어보시더라. 편들어주시는 거 같아서 좋았어."

엄마한테 들은 '그런 말'이 어떤 말인지 몰라도, 서현이가 좋았다니 저 역시 좋지만, 어쩐지 뜨끔하기도 합니다. 이런 걸 '도둑이 제 발 저린다'고 하나 봅니다.

서현이와 제가 함께 치른 싸움의 역사는 끝이 없습니다. 그중엔 기억의 먼지 끝자락도 떠올리기 싫은 날들이 많고요. 어떤 '몹쓸' 기억들은 쓰레기봉투에 꽁꽁 싸서 던져버리고 싶은 마음입니다.

고등학교 1학년 무렵이었을 겁니다. 서현이가 일으킨 온갖 이해 불가의 문제들은 달리 원인을 찾지 못한 채, 사춘기란 흔한 핑계에 갇혀 있었습니다. 학업도 일상생활도 인성마저도 보기 좋게 미끄럼을 타던 악몽의 시기가 어서 지나길 바랐지만, 어제보다 더 나쁜 날들이 찾아올 뿐이더군요. 엄마와 딸이 격렬하게 다투며 저주의 주문을 주고받던 어느 날, 서현이가 울부짖으며 말했습니다.

"이러지 말고 그냥 치고받고 싸워. 확 그냥 엄마 패버릴 거니까."

꽃으로도 때리지 말라는 예쁜 말 따위, 저도 그날은 비웃고 싶더군요. 방문을 굳게 닫고 두 사람이 함께 저지른 짓에 잘잘못의 우열 따위는 없었습니다. 어설픈 방어기제를 휘두르며 아프게 맞았고, 보기 좋게 돌려주려 했을 뿐입니다. 비명과 탄식과 눈물이 범벅되어 감정의 롤러코스터에서 가까스로 내렸을 때, 남은 건 후회뿐이었습니다. 정말 딱 후회뿐입니다. 해보시면 압니다. (아, 그렇다고 정말 해보시면……)

그때의 기억 속으로 돌아가 몇 번이고 의미를 재구성해보아도 달라지는 건 없습니다. 방 밖에서 무서움에 떨던 울던 막내도, 괜히 이방 저방을 치우느라 분주했던 둘째도, 뒤늦게 돌아와 누구의 편도 들지 못한 채 난감해하던 남편도, 기억의 막다른 골목에서 피해자로 남았을 뿐입니다.

후회막급입니다. 싸움의 원인은 기억조차 없으니 더 그렇습니다. 단말마적인 감정의 격분으로 돌이킬 수 없는 인장을 남긴 셈입니다. 서현이가 격한 감정의 회오리에 휘말릴 때, 조용히 혼자 둘 수는 없었을까요? 방에서 뒤돌아 나온 뒤, 잠시 심호흡만 했어도 그런 '뼈 아픈' 순간은 피했을 거 같습니다. 한순간 분노를 폭발시킨 아이와 함께 자폭한 그때의 행동은 오랜 시간이 지난 지금에도 후회로 남습니다.

서현이는 가끔 분노조절 장애를 의심할 만한 행동을 보일 때가 있습니다. 헐크처럼 "나를 화나게 하지 말라"고 경고하는 것도 아니고, 몸집이 커지면서 옷이 찢어지는 것도 아니니, 미리 알고 대처하기는 쉬운 일이 아닙니다.

그런데 가만 생각해보면 서현이가 분노를 폭발시키는 주적은 가족 중에 유독 엄마일 때가 잦습니다. 저와 함께하는 시간이 많기도 하지만, 이쯤 되면 제가 서현이의 화를 돋우는 원흉인가 싶습니다. 서현이와 다시 한집살이를 시작하면서도 그 부분이 염려됐습니다. 그래서 나름대로 간단한 원칙을 정해봤는데요. 단전 호흡을 한다거나, 변증법적 행동 치료, 몇 분간 생각 멈추기 같은 건 실전에선 크게 도움이 안 되더군요.

일단 피하는 게 최선입니다. "지금 네 기분이 별로인 거 같으니, 나중에 얘기할까?" 정도면 충분합니다. 서현이는 보통의 경우 95% 이상의 확률로 자신의 감정을 억누르며 지냅니다. '지랄 총량의 법칙'을 생각해보면 5%쯤은 폭발적 분노를 표현할 수밖에 없는 구조입니다. 그럴 때 무엇이 옳고, 그른지 이치를 따져가며 잘잘못을 가려봐도 상황은 좋아지지 않습니다. 관계만 나빠져 몇 날 며칠 서로 불편할 뿐입니다.

감정의 롤러코스터에 무모하게 동승하는 것은 우울증 치료에 도움이 되지 않습니다. 때로는 우회하는 지혜가 필요합니다. 서로 숨어 있기 좋은 방에서 숨을 고르다 보면, "엄마~ ㅠㅜ 넘 내 생각만 하고 말한 거 같아서 미안행… 안 졸리면 맥주랑 영화 한 편 보쟈~~"라는 카톡도 받게 되더군요. 지는 게 이기는 거라더니, 피하는 게 상책인 경우도 분명 있습니다.

가족이니까,
거리를 ——— 둡시다

코로나19 바이러스의 범세계적 유행이 끝날 줄 모르고 계속됩니다. 거리 두기라면 이제 신물이 난다는 분도 많으실 겁니다. 저 역시 그렇습니다. 그런데 사회적 거리 두기와 생활 속 거리 두기가 번갈아 촉구되는 가운데, 속절없이 좁아지는 거리도 있습니다. 가족 간의 거리입니다. 학교 개학 연기, 사이버 강의, 재택근무, 휴교, 다중 이용시설 집합 금지 등으로, 가족 구성원이 모두 집으로 '헤쳐 모이는' 상황이니까요. 서로 바쁘다는 핑계로 얼굴을 잊을 판이던 가족이 옹기종기 모이게 됐는데, 마냥 좋지만은 않습니다.

사회적 거리 두기 때문에 쫓기듯 가정에 밀려 들어온 우리 집 구성원들도 요즘 신경전과 스트레스가 이만저만이 아닙니다. 저는 집안 청소, 빨래, 요리가 모두 제 몫인데 방학(이라고 쓰고 아이들의 개학이라고 읽습니다)도 없는 단체생활이 불만이고, 아이들은 아이들대로 (셋째를 제외하면) 미성년자도 아닌데 "일어나라", "밥 먹어라", "방 치워라" 잔소리의 융단폭격을 퍼붓는 엄마 때문에 할 말이 많아 보입니다. 남편은 남편대로 코로나 시국의 경제적 어려움 때문에 마음이 물에 젖은 솜처럼 무거울 테고요. 심리적, 물리적으로 밀접 접촉자가 되어버린 가족 구성원이 서로에 대한 기대와 실망으로 소진되지 않으려면 그야말로 '거리 두기'가 필수임을 절감하는 요즘입니다.

인생은 타이밍이라는데, 우리 가족의 여행은 사실 타이밍이 별로일 때가 많습니다. 서현이와 처음으로 단둘이 일본 여행을 할 때도 그랬습니다. 한일관계의 정치적 상황이 하루가 다르게 어그러지던 터라 출발할 무렵엔 떠나도 되나 싶게 눈치가 보이더군요. 어쨌거나 잘 다녀왔지만요. 1년 가까이 자체 방학 중인 서현이에 이어 동생들까지 동면에 든 겨울은 방콕만 하기엔 너무 길었습니다. 어디든 가고 싶은 마음이 굴뚝 같았지요. 비행기는 타고 싶고, 비싼 경비는 엄두가 안 나고, 이런저런 이유로 차 떼고 포 떼다 보니 남은 건 다시 이웃 나라 일본이었습니다. 누구보다 빠르게 초저가 비행기 표를 사고 저렴한 숙박을 득템한 것까지는 좋았는데, 어라, 이번에는 코로나19가 발목을 잡습니다. 민폐 여행 직전이었기에 다행히 가방을 꾸렸습니다.

온천 외에는 달리 목적 없는 일정이었습니다. 숙소에 도착하자마자 지옥 온천이라는 곳을 찾아 건물 위로 올랐고요. 어느덧 해가 져서 캄캄하고, 지옥에 맞춤하게 수증기가 자욱했기에 서현이가 안 보인다는 생각은 미처 못 했습니다. 그런데 온천물에 몸을 담근 채 졸다 쉬다 나와 보니 입구에 서현이가 앉아 있더군요.

"엄마, 나 온천 못 했어. 문신했다고 안 된대."

등짝에서 용이 승천하는 것도 아닌데, 이 정도 문신을 이해 못 하는 앞뒤 꽉 막힌 일본인 같으니라고! 우리끼리만 온천을 즐긴 것이 미안해서 저는 출구 없는 투덜거림을 늘어놓았습니다. 그런데 이건 뭔가요? 서현이 팔뚝에 새겨진 고양이 모양 문신은 저도 처음 보는 신상입니다. 외출도 거의 하지 않았는데 도대체 언제 문신을 또 한 건지, 열 사람이 지켜도 도둑 한 명을 못 막는다더니, 제가 그 꼴입니다. 제가 눈을 흘기거나 말거나 다음 날 아침, 서현이는 몸 여기저기에 파스를 철퍼덕 붙이고 온천물에 몸을 잘 담그더군요. 그리고!

"짜잔."

온천을 끝낸 서현이는 시간과 정성을 들여 최고 단계의 치장을 했습니다. 러플이 너풀너풀한 의상을 차려입고, 뭔가를 주렁주렁 매달고, 끼고, 붙이고, 다시 떼고 요란하게 행차 준비를 합니다. 온천 외에는 목적 없던 일정에 서현이의 바람으로 하모니랜

드가 추가됐기 때문입니다. '헬로키티와 친구들'로 꾸며진 일종의 테마파크인데, 서현인 헬로키티보단 '마이 멜로디'란 캐릭터에 열광합니다. 셔틀버스와 전철과 마을버스를 차례로 타고 내린 끝에 하모니랜드에 도착한 서현이가, 경보하듯 빠르게 매표소 앞으로 돌진하는 모습을 보며 막내가 신기한 듯 말하더군요.

"큰누나 저렇게 빨리 걷는 거 처음 봤어."

그러게요. 보기 드문 진풍경에 저도 카메라 기능을 켜고 앞서가는 서현이를 담았습니다. 사실 식구 중 서현이를 제외하면 유행 지난 놀이기구와 '찐덕후'를 위한 캐릭터 숍만 즐비한 그곳에서 재미있기란 쉽지 않습니다. 그런데도 두말없이 동참해준 동생들을 보니 제가 괜히 뭉클합니다. 사실, 평소에는 서로 전화번호도 저장하지 않을 만큼 퉁명스러운 형제들인데 말입니다. 서현이가 '마음의 감기'를 앓는다는 사실을 알면서도 내색하지 않는 동생들은 음식점이나 여행 스케줄을 정할 때, 서현이가 원하는 걸 수용해주는 것으로 속 깊은 응원을 대신하곤 합니다.

겨울 기운이 감돌아 코끝이 시렸던 하모니랜드에서 우리 다섯은 눈치껏 따로 또 같이 시간을 보냈습니다. 가족이 똘똘 뭉쳐 놀이기구를 타고, 화목해 보이는 가족사진을 찍는 대신 말이지요. 함께 모여 즐거워하기보다 각자의 방식으로 행복했다면 그것으로 좋습니다. 서로를 아끼고 지지하고 사랑하는 데는 여러 갈래 길이 있는 것 같습니다. 조금 느슨한 듯, 너무 멀지 않은 거리가 우리 가족에게 어울리는 '사랑의 모양'이라 생각했습니다. 이래 저래 거리 두기가 절실한 때입니다. 가족이니까, 조금 거리를 두기로 합니다.

버드 박스, 애드 아스트라

가족과 함께 일본을 여행하는 동안 두 편의 영화를 보았습니다. 〈버드 박스〉는 후쿠오카에서 온천역, 벳푸로 이동하는 버스 안에서 딸의 모니터로 눈요기했습니다.

넷플릭스 영화 사상 최고의 오프닝을 기록했다는 〈버드 박스〉는 눈으로 '그것'을 보는 즉시 자살하게 되는 사람들의 사투를 담았습니다. '그것'이 무엇이냐고 물으신다면, 저도 모르겠습니다. 다만, 그것에 홀린 사람들은 모두 한평생의 슬픔(공포는 아닙니다)이 응축된 표정으로 죽어가더군요.

'슬픔으로 남은 얼굴'을 표현하는 배우들의 연기가 실감납니다. 그중 산드라 블록은 단연 최고입니다. 다른 배우들과 달리 회한(悔恨)의 눈동자를 보여줄 수도 없는데(눈을 가렸으니까요)도 그랬습니다. 영화 자체는 좀 덜컹거렸지만 회한, 슬픔, 후회, 그리고 간절함을 담아 아이에게 눈을 뜨지 말라고 호소하는 그의 모습을 보는 것만으로도 시간이 아깝지 않더군요. 영화 초반, 집안에만 칩거하는 산드라 블록이 앓는 병이 아마도 '우울증'이라는 건 스포일러가 아니겠지요?

브래드 피트가 우주를 비행하는 영화 〈애드 아스트라〉는 비행기 안에서 보게 됐습니다. 50분 비행에 영화가 웬 말인가 싶어 이어폰도 없이 오가면서 말이지요. 담으려는 이야기에 비해 영화가 좀 거창하게 흘러가던 터라, 소리(음악)가 없으니 외려 소박한 감상이 가능했습니다.

　이 영화는 말하자면 자기 자신을 찾기 위해 멀고 먼 우주로 간 사람의 이야기입니다. 믿지 않으실지 모르지만 브래드 피트가 지구로 귀환하는 마지막 장면을 볼 때 제가 탄 비행기도 인천공항에 착륙 중이었습니다. 4DX가 따로 없었던 겁니다. 사랑하는 사람의 짐을 나눠 갖고 자신의 짐도 나누겠다는 주인공에게 영향받은 건 아니지만, 저도 비행기에서 내릴 때 남편에게 짐의 일부를 부탁했습니다. 가벼우니 좋긴 좋았습니다. 고통도, 짐도 나누면 작아지나 봅니다.

SNS로 —— 소통해도
밥은 현실 세계에서

        엄마인 제가 커피의 카페인 성분에 중
독되었듯, '요즘 세대'인 서현이는 '인터넷 카페인' 중독입니다.
카카오톡, 페이스북, 인스타그램을 한데 묶어 앞글자를 따서 '카
페인'이라고 한다는군요. 말의 상징성을 생각해보면 누군지 줄임
말 한번 잘 만들었다 싶습니다.

  서현이는 낮과 밤이 뒤바뀐 생활을 오래전부터 해왔습니다.
그 배후(?)로 지목되는 건 역시 스마트폰이고요. 제 기억엔 고등
학교 때였습니다. 서현이는 '스마트한' 인터넷 세상에서 밤새 헤
엄치고, 학교에선 잠을 자고, 방과 후엔 미술학원에서 그림을 그
린 뒤, 집에 오면 쪽잠을 자고 다시 밤을 새우는 일을 반복했습니
다. 대학 입시를 끝내고 이 문제에 대해서 심각하게 얘기해보았

지만 뾰족한 해결책을 찾지 못했습니다. 결국, 서현이의 대학 1년은 잠과 함께 통째로 날아간 꼴이 됐으니 낮과 밤이 바뀐 딸의 수면 패턴은 엄마에겐 만악의 근원인 셈입니다. 도대체 손바닥만한 스마트폰 속엔 뭐가 들었기에 그렇게 끝없이 보고 또 보는 걸까요?

서현이가 정신과 병동에 입원했을 때입니다. 저는 당연히 스마트폰이 압수목록에 속할 줄 알았는데, (노트북은 불허하면서) 불행히도 휴대폰은 허용이 되더군요. 그때 웬만큼 연세 드신 분들을 제외하고는 환자들 거의 전부가 '스마트폰에 코를 박고 있어서' 놀랐습니다. 운동기구에 앉아서도 발만 영혼 없이 구를 뿐, 시선은 눈앞에 사뿐히 놓인 스마트폰에 꽂혀 있더군요.

스마트폰의 오남용(어디까지나 제 생각입니다)은 서현이만의 문제가 아닙니다. 서현이 동생들도 모두 심각한 스마트폰 사용자들이고요, 저만해도 스마트폰을 손에 쥐는 시간이 점점 늘어만 갑니다. 여행 중에 식당에서 가족끼리 둘러앉아 밥을 먹고 나면 문득 '이건 뭐지?' 싶은 순간이 찾아옵니다. 정신을 차려보면 모두가 좀비처럼 고개를 아래로 꺾고 있습니다. "후식 뭐 먹을래?" 소리도 단톡방 카톡에 올려야 될 분위기입니다.

우리 집 아이들만 스마트폰을 자석처럼 손에 붙이고 있는 건 아닙니다. 이웃 엄마들 가운데 "우리 애, 스마트폰 중독인 거 같아"라는 말을 안 하는 경우를 거의 못 봤습니다. 동네에 공부 좀 못하고, 말썽 좀 피운다는 아이가 화제에라도 오르면 "스마트폰을 끼고 산다잖니" 하는 후렴구가 십중팔구 따라붙습니다.

서현이는 넷플릭스 시청과 SNS(소셜네트워크서비스, 사회관계망서비스) 이용에 어마어마한 시간을 투자하는 눈치지만 온라인 세상에서 구체적으로 '무엇을', '어떻게' 하고 있는지는 솔직히 저도 잘 모릅니다. 과도한 '온라인 접속'에 대해 조금이라도 간섭하면 서현이는 화를 내거나 방어적인 태도를 보이기 일쑤이니까요. 서현이가 대학교 1학년 무렵, 처음 정신과 치료를 시작했을 때, 주치의 선생님이 서현이의 우울증은 '지나친 SNS 이용'과 무관하지 않다고 언급한 기억도 있습니다.

사실, 우울증과 인터넷 중독은 서로에게 독이 되는 관계로 악명 높지요. 함께 먹으면 탈이 나는 상극의 음식 같습니다. 하루 24시간이 고무줄처럼 길어 보이는 서현이는 보통 그림을 그리거나, 고양이 샴푸와 놀거나, 잠을 자거나 하지 않을 땐 언제나 스마트폰에 코를 박습니다. 그럴수록 저는 서현이가 인터넷에 유포된 '카더라' 통신을 무분별하게 받아들일까 긴장의 끈을 놓지 못합니다. 자살을 부추기고 자살, 자해 방법을 알려주거나 극단적이고 비밀스러운 다이어트 방식을 유포하는 웹사이트는 엄마로선 경계대상 1호입니다.

서현이는 자살을 시도하던 날, 깜짝 놀랄 만큼 용의주도한 행동을 했습니다. 계획의 성공률을 높일 만한 사전작업이었지요.

솔직히 혼자만의 생각이라고 믿기 어렵습니다. 서현이의 지난 행동을 돌이켜보면 죽음에 대한 잘못된 열망이 인터넷의 왜곡된 지식과 맞물린 건 아닌지 의심을 버릴 수 없습니다.

그렇지만 우울증을 앓는다는 이유만으로 서현이의 인터넷 이용을 막을 권리는 제게 없습니다. 서현이 세대에게 SNS는 세상과 소통하고 교류하는 '플랫폼'이자 만남의 장소일 테니까요. 솔직히 인터넷 세상을 여행하지 않는다면 그 시간에 달리 무엇을 해야 할지 딱히 좋은 생각이 떠오르지도 않습니다. 그렇다고 서현이와 인터넷의 밀월관계를 마냥 태평하게만 볼 수도 없으니, 이것 참 골치 아픕니다.

제가 취하는 최선은, 서현이의 수면 패턴을 약간 수정하는 것입니다. 스마트폰에서 펼쳐지는 온갖 놀이에 집중하기 최적의 시간인 늦은 밤과 새벽을 피해 보려는 전략이지요. 수면제를 먹여서라도(어차피 의사 선생님의 처방이기도 하고요) 고쳐보려 하지만, 이미 몸에 밴 습관 탓인지 조금만 주의를 늦춰도 다시 올빼미족이 돼버리니 난감합니다. 스마트폰 사용에 지나치게 무아지경일 땐 산책이나 요리, 함께 영화 보기 등을 권해봅니다. 씨알도 안 먹힐 때가 많지만 "내가 너무 오래 스마트폰을 들여다봤나?" 하고 한 번쯤 돌아보길 바라는 마음입니다.

최근 병원에 가는 길에 이 이야기를 다시 꺼내 봤는데, 서현이의 생각은 조금 다른 것 같습니다. 제 눈에는 뭉뚱그려 '인터넷 중독'이지만, 절대 그건 아니랍니다. 요즘 아이, 서현이의 눈엔 엄마는 잘 알지도 못하면서 지적질만 하는 구닥다리 '꼰대'인가 봅니다. 그래도 저는 포기하지 못하고 기어이 한마디 합니다.

"알겠고, 알겠는데, 그나마 따뜻한 밥을 먹을 수 있는 곳은 그쪽 아니고 이쪽이다. 잊지 마라."

마이 페이보릿 ── 띵스

서현이의 정신과 진료가 있는 날이었습니다. 겨울의 한복판이지만 전날 종일토록 비가 내린 건 이해하기로 합니다. 〈겨울비〉라는 노래도 있으니까요. 그런데 겨울에 비가 오면 추워진다는 건 20세기에나 옳았던 속설인가 봅니다. 밤새 내린 비로 추워지기는커녕, 그날도 온종일 눈으로 바뀔 여지 없이 비가 내렸으니 말입니다.

"나이 먹으니 비 오는 날씨는 별로야."

병원으로 차를 몰며 제가 한마디 합니다.

"빨리 봄이 오면 좋겠어."

나이를 많이 먹지 않은 딸 생각도 다르지 않은가 봅니다.

"그니까, 햇볕이 따듯해서 걸으면 사르르 땀이 나는 정도면 좋을 거 같다, 그치?"

서현이가 고개를 끄덕입니다.

"엄마는 늦었지만, 넌 나중에 그런 데 가서 살지 그래?"

"어딘데? 그런 데가?"

글쎄요, 전들 살아봤어야 알겠지요.

"캘리포~니아?"

햇빛을 많이 받는 것이 우울증에 도움이 된다고 하니, 그냥 뱉은 말치고는 꽤 그럴 듯한 것 같습니다.

비 오는 날은 교통만 정체되는 게 아닌가 봅니다. 병원 외래에도 평소보다 환자와 보호자들이 많습니다. 결국, 서현이는 1시간을 기다리고서야 겨우 진료실에 들어갔고, 단 3분 만에 상담을 끝내고 나왔습니다. 한 달에 한 번 받는 진료인데, 1시간 기다리고 고작 3분 면담은 좀 밑지는 장사 같습니다. 의사 선생님에게 서현이가 보이기나 했을지 의문입니다.

첫 일정부터 지체되니 마음이 먼저 바빠집니다. 흘깃 시계를 보니 벌써 점심시간입니다. 일러스트레이션페어에서 주문받은 디자인 상품들을 여전히 배송 중인 서현이와 우체국에 들른 뒤, 겨울 방학 중인 아이들의 점심을 사서 서현이 편에 올려 보낸 다음, 다시 차를 몰아 여의도로 냅다 달립니다. 몇 해에 걸쳐 무릎과 고관절을 차례로 수술한 시어머니가 거동이 편치 않은 상태에서 다시 넘어져, 연초부터 병원에서 치료를 받고 계시기 때문입니다. 오늘따라 주차할 곳이 마땅치 않아 병원과 63빌딩 주변을 오락가락합니다. 맞은편 아파트에 무임 주차를 하려다 경비분에게 된통 무안을 당하고는 '에라, 모르겠다' 하는 심정으로 유료주차장에 차를 던졌고요.

문병을 끝내고 나오니 저는 어느새 김치 중에서도 파김치가 됩니다. 따지고 보면, 육체적 병환이 심한 중에도 다른 이의 말을 귀 기울여 듣는 분이기에 보통은 대화도 즐겁고 딱히 힘들 것 없는 문병입니다. 의무만으로 길고 촘촘하게 채워진 오늘의 제 일정이 문제인 거지요. 병원을 나선 때가 4시 반쯤이니 운 좋게 러시아워를 피한다 해도 집에 도착하면 바로 저녁 식사를 준비해야 합니다. 차편이 마땅치 않은 곳으로 방문 미술교육을 나간 서현이도 데리러 가야 하고요. 쫄딱 망한 느낌입니다.

"영수증을 원하시면 확인 버튼을 누르세요."

적지 않은 주차비용을 제게 청구한 기계가 선택을 요구합니다. 티맵을 켜느라 제 반응이 좀 늦었나 봅니다. 다시 한번,

"영수증이 필……."

"알아들었다는데, 왜 자꾸 그러냐, 너?"

기계 앞에서 버럭 화를 내는 저, 정상일까요?

인생에는 원래 단맛과 쓴맛이 섞여 있는 법이니, 그 축소판인 하루에도 달콤한 맛이 좀 녹아 있으면 훨씬 수월할 것 같습니다.

그러고 보니 한동안 일이 좀 많았습니다. 설날을 치르느라 바빴고, 다음날엔 어머님을 모시고 응급실과 입원실을 왔다 갔다 했습니다. 갑상선 기능 저하 증상과 한 달째 낫지 않는 위염은 또 어찌나 성가시던지요. 머슴 체질로 건강하던 제 몸이 이렇게 낯설기도 오랜만입니다. 이럴 때는 좀 우회가 필요한 것 같습니다.

다음 날 아침, 친정엄마를 모시고 병원에 다녀오는 일만 빼고 웬만한 일은 파업이라고 아이들에게 선언했습니다.

"엄마, 뭐 할 건데?"

서현이가 묻습니다.

"덕질하러 간다."

오늘은 〈스타워즈 라이즈 오브 스카이워커〉의 개봉일이고, 그 오래된 SF 시리즈가 엄마의 인생 영화임을 아는 아이들은 제가 혼자 극장에 가는 걸 당연하게 여겨줍니다. 〈사운드 오브 뮤직〉의 주인공 줄리 엔드루스처럼 '마이 페이보릿 띵스'를 기차게 부를 순 없지만, 저에게도 길고 긴 '좋아하는 것들'의 목록이 있습니다. 여름날 강아지 토르와 호수공원을 산책하기, 그러다 미리 얼려온 맥주 마시며 석양 보기, 백화점을 백 바퀴 돌기, 동네 도서관에서 잡지 뒤적이기, 목욕탕 온돌마루에서 빈둥거리다 잠들기, 보고 싶은 영화 혼자 보기, 팩토리 아울렛에서 눈치 안 보고 옷 많이 입어보기.

가족을 돌보느라 혹은 자잘한 의무에 지쳐 몸과 마음이 급작스레 우울해지는 건, 아마 저 혼자만의 경험은 아닐 겁니다. 이럴 때, 자신을 위해 최소한의 안전망을 치는 일은 별거 아니지만, 꼭 필요한 일이고, 해보면 꽤 도움이 됩니다.

"엄마는 스타워즈가 왜 좋아?"

돌아오는 일요일에 다시 보러 가자는 저의 제안에 서현이가 대답 대신 묻습니다.

"너는 해리포터가 왜 좋은데?"

"마법이 좋아서."

"그럼 나는 포스가 좋아서."

인생 영화 덕분에 기분이 한결 좋아진 제가 덧붙입니다.

"자기 자신을 찾기 위해 무진장 멀리 가는 이야기여서 좋아. 우주 끝까지 가잖아."

"엄마도 멀리 가고 싶구나?"

그 질문엔 대답하지 않았습니다. 지금은 방구석 1열인 제 딸 서현이도 언젠간 캘리포니아보다 더 먼 곳으로 갈 수 있을까요? '그런 날이 오면, 포스가 함께하길' 하는 생각도 마음으로만 했습니다.

엄마와 함께 보냈던 어떤 날들은

나에게 좋은 기억으로 남아 있다.

함께 여행을 가거나 영화를 보거나

재미있는 이야기를 나눈 날들.

사진첩 속 사진처럼, 나중에 돌이켜 생각해보면

씩씩하게 살아갈 힘이 될 것 같다.

이런 기억들을 많이 만들어줘서 엄마가 참 고맙다.

별것 아니지만,
도움이 ─── 되는

서현이가 대학교에 입학하고 처음 우울증과 공황장애 진단을 받았을 때는 어떤 면에선 지금보다 더 힘든 시기였습니다. 학교에 좀처럼 가지 않고, 화나면 바람처럼 집을 나가기 일쑤고, 식사와 수면 패턴도 재앙 수준인 서현이와의 감정적인 소모전에 지친 저는 어쩔 줄 몰라 쩔쩔맸습니다. 시아버지의 심장 수술과 친정엄마의 입원도 비슷한 시기에 있다 보니, 정말 하루하루 입에서는 단내가, 목에서는 신물이 넘어오는 기분이었습니다.

매사 귀찮고 우울한 감정에 사로잡힌 탓에 사람들을 만나는 게 점점 힘에 부쳤던 저는 친하게 지내던 사람들과의 단톡방에서 나오고, 운동을 멈추고, 영어공부를 포기했습니다. 딸의 우울증에 관한 얘기는 살짝 빼고 어르신들이 병환 중이라고만 둘러댄 그때의 제 마음은, 모순됐지만 이해 못 할 바는 아닙니다. 행여 다시 돌아간다 해도 다르게 행동할 자신도 없습니다.

마음의 감기라는 다정한 말로 우회해서 표현해도 우울증은 정신과 진료기록에 F코드(정신 및 행동장애)로 기록되는 질환입니다. '정신이 육체를 지배한다'는 말이 미담으로 통용되는 사회에서, 딸의 정신질환은 부모의 육체적 질환보다 받아들이기 힘든 고통이었던 겁니다.

그때, 몸과 마음이 함께 고단하여 제가 일방적으로 관계를 단절했던 이웃과 친구들의 얼굴이 가끔 떠오릅니다. 솔직하게 제 상황을 전달하고, 위로받는 걸 꺼리지 않았다면 지금쯤 더 가까워졌을지도 모를 얼굴들입니다.

다시 시간이 흘러, 서현이가 '죽기로 결심하고' 실행에 옮겼던 지난해 초여름 무렵에도 역시 저는 딸이 아닌 친정엄마의 일로 골치를 썩이고 있었습니다. 오랫동안 여러 질환으로 고통받던 엄마는 그해 3월 무렵 인공관절 수술을 받았습니다. 정작 수술의 경과는 나쁘지 않았는데, 엄마 몸속의 질병 세포들이 한꺼번에 아우성을 치기 시작한 겁니다. 안과, 치과, 재활, 관절염, 치매, 틱을 동반한 신경과 질환의 쓰나미를 막기 위해 엄마와 엄마의 주보호자인 저는 네 곳의 병원과 여덟 개가 넘는 개별 과들을 순회하고 있었습니다.

서현이가 입원한 정신과 병동은 엄마가 무릎 수술을 했던 병원과 같은 곳이었기에, 저는 오전 9시 반에는 엄마와 정형외과를 돌고, 11시에는 같은 건물 위층에서 서현이를 면회하고, 오후에는 다시 엄마와 다른 병원 치과에 들렀다가 다시 서현이의 오후 면회를 위해 원래의 병원으로 돌아가는, 말이 안 되는 무리한 스케줄을 감당하고 있었습니다.

치매 초기 진단을 받은 데다 수술 후 섬망 증상이 겹쳐 오락가락하던 엄마가 "아빠가 내 돈을 싹 훔쳐갔다"라고 새벽 댓바람에 전화를 걸어온 날, 저는 늙으신 부모님을 찾아가 숨겨왔던 서현이의 질환에 대해 입을 뗐습니다.

"엄마, 서현이가 죽으려고 했어. 그래서 막 119도 오고, 응급실도 가고 그랬어."

"오마아아……."

엄마의 탄식이 땅끝마을에 닿을 것 같았습니다. 도대체 '오매'도 아니고, '어머'도 아닌 '오마'는 어디 사투리인지 모르겠습니다. 신경과적인 틱 증상으로 안면근육이 제멋대로 움직이는 늙은 엄마의 일그러진 얼굴을 보니, 괜한 말을 한 것 같아 후회됐지만 어쩌겠습니까, 작정하고 엎지른 물인데요.

"서현이한테 잘해줘."

딸의 단호한 표정과 말투에서 문제의 심각성을 느낀 걸까요? 짧은 한마디 외엔 일절 묻거나 따지지 않는 두 분의 당부는 제게 위로가 됐습니다. 그날 이후 엄마와 저는 여전히 종합병원을 순회하지만, 주치의 선생님들과 상의 끝에 과를 통합하고 진료 날짜를 한데 묶어 방문 횟수를 대폭 줄였습니다. 종합병원 진료가 필요 없는 단순 진료는 두 분의 집과 가까운 의원을 선택해서 제 도움이 조금 덜 필요하도록 조치했고요. 그것만으로도 한숨 돌리기에는 충분하더군요.

해야 할 일의 우선순위를 정하는 것만큼이나 이웃, 친구들과의 관계도 약간의 정리가 필요했습니다. 서현이에게 다시 위기상황이 생기자 다른 일들은 모두 '두 번째'가 되었습니다. 그렇지만 무턱대고 관계를 단절하거나 소홀해지고 싶지 않았기에, 몇몇 친구에게는 서현이가 처한 상황과 상태를 솔직하게 말했습니다. 그들 중 누구도 서현이가 왜 그랬는지 묻지 않더군요. 대신 제가 받은 건 따뜻한 마음이 담긴 카톡과 문자였습니다.

"답장 안 해도 돼. 그렇지만 도울 일 있으면 연락해."

"혼자 감당하려고 하지 말고 토르 산책이든, 장보기든 뭐든 얘기해."

"내가 조금이라도 필요하면 연락해."

별것 아니라며 친구와 이웃들이 내민 손길이 제겐 별의별 것 이상이었습니다. 평생 어떤 것에도 기대지 않는 삶을 꿈꾸었지만, 바라는 대로 되진 않았습니다. 담벼락에도 기대고, 소파에도 기대고, 우산, 남편, 친구, 이웃, 심지어 강아지 토르의 재롱에도 기대는 저를 발견합니다. 기댈 데가 많아 다행입니다. 덕분에 다시 나아갈 힘이 생기니까요.

금요일 오후 다섯 시 반,
대화의 ─── 힘

　　　　　　　치료를 시작하고 1년 뒤 서현이는 약의
용량을 반으로 줄여도 좋다는 의사 선생님의 처방을 받았습니다.
노력한 만큼 좋은 성적표를 받은 것 같아 기분이 좋았습니다. 그
렇지만 상태가 조금 호전됐다고 섣불리 약을 끊거나 치료를 소홀
히 할 생각은 없습니다. 우울증을 치료할 때, 그 회기의 종결은 반
드시 전문가와 상의한 뒤 결정해야 한다는 게 경험을 통해 깨우
친 제 생각입니다.

　과거의 서현이를 돌이켜보면, 현재의 서현이는 몸과 마음이
한층 건강해져서 어찌 보면 말짱한 듯 보입니다. 그렇다고 서현
이를 괴롭히는 우울증이 흔적 없이 사라졌다고는 말 못 합니다.
서현이는 복약 의지는 아주 약하고, 수면시간은 불규칙한 데다,

불안 민감도는 여전히 높습니다. 아무리 더운 날에도 선풍기를 미풍 이상으로 돌리지 않는 건, (세게 틀면) 밤새 선풍기가 터져버릴까 생각되어서랍니다. 매사에 비합리적으로 불안하니 일상생활이 편안할 리 없어 보입니다.

그렇지만 일(그림)에 대한 의지와 추진력은 무엇보다 높습니다. 홍대 근처의 키덜트 숍에서 작은 전시를 앞둔 요즘엔, 과슈 수채화와 아이패드용 그림을 번갈아 쉼 없이 그리는 중입니다.

"서현아, 우울증이 좋아진 건 어떻게 아니?"

"그건 그냥 아는 거야, 엄마. 약을 꾸준히 먹다 보면 어느 순간 머릿속의 안개가 스스슥 걷히는 느낌이 온다구."

우울증이 좋아진 원인으로 서현이 본인이 첫손에 꼽는 건 바로 '상담과 약물'입니다. 제가 가까이서 지켜보았을 때, 안정적인 환경과 주변의 배려가 중요하긴 해도, 어찌 됐건 둘째입니다. 일단 우울증의 증상이 임계점(어떤 물질의 구조와 성질을 바꾸는 온도와 압력)을 넘고 나면 가장 시급한 건 전문가로부터 치료를 받는 일입니다. 우울증 진단을 받은 후 3년 동안 서현이의 우울증이 좋아졌다 다시 나빠지기를 반복한 끝에 '그날'의 사건을 불러온 것도, 여기서 원인을 찾아야 할지 모릅니다. 중간에 임의로 치료를 멈춘 게 첫 번째 잘못이라면, 휴학으로 쉬는 동안 증상이 호전됐다(고 생각하)고 긴장의 끈을 늦춘 것이 다음 잘못이었습니다.

우울증은 마음의 감기라는데, 어찌 된 노릇인지 면역이 되는 법은 없습니다. 두 번, 세 번 재발합니다. 게다가 앞선 증상과는 달리 어디로 튈지, 얼마나 심각할지 몰라 더 위험한 파도가 되기도 하고요. 무신경해질 바에야 우울증 '보균자'라 생각하고 계속 주의를 기울이는 편이 낫다고 생각합니다.

서현이는 매주 금요일 오후 5시 반이면 어김없이 상담 선생님과 만납니다. 포기 없이 이어진 서현이의 가장 오래된 일과 중 하나가 아마 상담일 겁니다. 처음부터 상담에 적극적이고 성실했던 건 물론 아닙니다. 우울증과 공황장애 진단을 받았던 3년 전에도 서현이는 일주일에 1회 20분 정도 상담을 하고, 약을 처방받곤 했는데요, 상담이 두 달을 넘기기도 전에 주치의 선생님이 예고 없이 바뀌었습니다.

상담자(선생님)와 내담자(서현)의 상호교감이 절실한 상황에서, 상호 동의하지 않은 조기 종결은 부정적인 결과를 가져오더군요.

서현이는 바뀐 상담자 선생님이 너무 강압적이고 주도적이라 마음 편히 상담할 수 없다고 불만을 토로했습니다. 치료에 대한 동기부여가 약해지니 약 먹는 일에 소홀해지고, 약을 챙겨 먹지 않으니 엄마와 다투게 되고, 약이 남으니 병원에 가지 않는 악순환이 한동안 이어졌고요.

결국, 서현이는 "내가 무슨 우울증이야? 우울증 아니니까 약 안 먹고 병원에 안 가도 돼"라는 특유의 논리적 비약을 앞세워 치료를 흐지부지하고 말았습니다. 약의 내성만 키웠고, 정신과 치료에 대한 부정적인 선례만 남긴 데다, 이로 인한 견해 차이로 엄마와의 관계는 악화일로로 치달았으니 실로 안 하느니 못한 치료가 된 셈이지요.

저는 정신과 치료에 부담을 느끼는 서현이를 설득해 다음엔 동네 사설 심리상담센터 문을 두드렸습니다. 넋 놓고 있기엔 서현이의 상태가 그만큼 불안정했기 때문입니다. 그곳의 상담자 선생님은 책도 출간하고, 방송에도 출연할 정도로 꽤 유명한 분이었는데 안타깝게도 서현이는 그때도 마음을 열지 못했습니다. 가끔, 선생님은 서현이와의 상담을 토대로 저에게 조언을 주시기도 했습니다. 그런데 어이없게도 10만 원의 상담비용에 기가 눌린 저는 핵심적인 대화 대신 매번 '뜬구름'만 잡고 돌아서곤 했지요. 시간을 허투루 쓸까 서두르고 당황한 탓입니다. 서현인 서현이대로 문신이나 동성애에 거부감을 드러내거나(어디까지나 서현이의 추측입니다), 특정 종교를 자꾸 권유하는 선생님에게 불편한 마음을 가졌던가 봅니다. 이번에도 상담은 채 4개월을 넘기지 못했습니다.

정신과에 입원했다 퇴원한 뒤, 서현이는 또다시 상담 치료에 '삐딱선'을 탔습니다. 일주일에 한 번씩 돌아오는 예약시간을 잘 지키지 못했고, 약속을 어기는 일도 잦았지요. 그런데 서현이의 상담을 맡은 전공의 선생님은 그때마다 서현이에게 전화를 걸고, 받지 않으면 엄마인 저에게 연락을 취해 상담 약속을 이어갔습니다. 선생님이 그때 한 이야기가 기억에 남는데요, "서현 씨 본인이 상담을 원하지 않으면 그만둬도 좋지만, 종결은 반드시 상담자와 내담자가 얼굴을 마주 본 뒤 이루어져야 한다"고 강조하더군요. 선생님의 끈기 있는 원칙 덕분인지 현재 상담은 1년 넘게 이어지고 있습니다.

참고로 서현이가 받는 상담은 '정신 역동적 정신치료'인데요, 사람들은 무의식적인 생각과 느낌에 (스스로) 영향을 받는다는 가설에 기초를 둔 대화 치료라고 하네요. 치료의 목표는 치료자와의 관계를 통해 내담자가 자신의 마음이 어떻게 움직이는지 배우도록 이끄는 것이라고 합니다. 상담자는 내담자의 기능을 지지함으로써, 습관적인 생각과 행동의 방식을 바꾸도록 돕게 된다지요. 서현이는 "처음에는 선생님이 내 편이 돼주는 것 같아 좋기만 했는데, 요즘은 마음에 있는 깊은 이야기를 나도 몰래 하게 해서 식은땀이 난다"라고 합니다. 상담자와 내담자 사이에도 이렇듯 궁합이란 게 있는가 봅니다.

죽음을 ─────
돌려세울 용기
·
·

지금부터 30년 전의 이야기입니다. 아버지께서 고향 친척분의 아들 K가 대학 입시 때문에 온다면서, 제게 학교 안내를 부탁하셨습니다. K의 얼굴을 봤던 건 까마득히 오래전이었지만, 제게는 동생뻘이 되는 셈이니 안내를 거절할 수는 없었지요.

K와 함께 천안에 있는 학교를 찾아가는 동안 저는 정말 너무 불편해서 온몸의 근육이 뭉칠 지경이었습니다. 숫기라고는 멀리 고향집에 붙박아두고 왔는지, 확성기라도 대줘야 할 만큼 목소리가 작은 데다 눈 한번 마주치는 법이 없는 소심쟁이 동생이었기 때문입니다. 잠깐의 만남에도 '저 녀석 저래서야 학교생활에 적응할 수 있을까?' 하고 측은한 마음이 들었지요. 그러고는 곧 잊

어버렸습니다.

언젠가 퍼뜩 생각이 나서 아버지께 K의 안부를 물었더니 "학교생활에 적응을 못 해서 휴학하고 고향으로 돌아갔다고 하더라"는 겁니다. 안타까운 마음 한편에 '어째 그럴 것 같더라니' 하는 마음이 들었고, 또 금세 잊었습니다.

아버지께서 다시 그 친척분의 이야기를 꺼낸 건 한참 세월이 지나 제가 직장에 다닐 때였습니다. K의 아버지가 돌아가셨는데, 농약을 먹고 그리되셨다니 사인이 충격이었습니다. 학교를 휴학한 뒤 '정신이 조금 이상해져' 집 안에서 나오지 않는 아들과 걸핏하면 싸우시다 홧김에 그러셨다는 겁니다. 저는 그 이야기를 들으면서 정말이지 기가 막혔습니다. '아들이 정신적으로 이상하면 병원에 데리고 갔어야지, 집에 두고 지내다 아버지가 농약을 먹었다고?'

돌아가신 친척 어르신도 어르신이지만, 아버지를 죽음으로 내몬 죗값을 평생 짊어질 K가 가여웠습니다. 그리고 다시 K가 생각난 건 서현이가 정신병원에 입원했을 때였습니다. 부모님께 지나가는 말처럼 K는 잘살고 있는지, 병은 이제 나았는지 안부를 물었습니다. 아버지는 K가 병원 장례식장에서 염하는 사람이 되어 살고 있다고 하는데, 이유가 '아버지를 죽인 죗값을 치르기 위해서'라고 알려주었습니다. K의 어머니는 오래전 집을 나갔고, 하나뿐인 여동생은 정신병원 폐쇄 병동에서 지낸다는 말까지 듣다

보니 귀를 막고 싶었습니다. 한 가족에게 닥친 비극의 역사가 실로 엄청났기 때문입니다.

자살하는 사람들은 충동적일 것 같아도 실은 아주 오래 '그일'에 대해서 생각한다지요. '죽음이 아니고는 방법이 없다'라는 왜곡된 생각에 이르는 그 무서운 시간까지, 그들은 주변 사람들에게 이런저런 방식으로 도움을 요청한답니다.

서현이가 중학생 때 일입니다. 학교에서 정신건강 검사에 참여했는데, '자살 위험군' 소견이 나왔습니다. 검사결과에서 고위험군에 속한 아이들은 서현이처럼 우편 통지를 받았는데, 그 뒤 어떤 후속 조치가 있었는지는 기억에 없습니다. 알고나 있으라는 건지, 사후관리를 해준다는 건지, 병원에 가보라는 건지 특별한 절차 없이 흐지부지 지났지요. 사실만 확인했지, 학교도 사회도 심지어 부모도 아무런 행동도 취하지 않았던 겁니다.

대학생이 된 서현이가 무단으로 결석해 학점을 전부 놓쳤을 때, 저는 보다 못해 학교 측에 도움을 청했습니다. 그때 "수업에 오랫동안 나오지 않는 학생들을 돕는 프로그램이 있지만, 본인이 연락을 거부하면 강제할 방법이 없다"라는 답변만을 들었고요. 학교 측의 '갱생' 프로그램에 자발적으로 참석할 정도면 수업에도 나갔겠지 싶어 마음이 답답했습니다.

학교나 사회에만 원망의 화살을 돌릴 건 아니지요. 엄마인 저 역시 '자살 위험군'으로 분류된 서현이가 '정말 자살을 실행할지' 진지하게 고민한 적은 솔직히 없었습니다. 오래전 사촌 K의 이상징후에 무관심했던 것처럼, 딸의 경우에서도 저는 무엇이 중요한 사안인지를 놓쳤던 겁니다.

학교로부터 통지를 받은 다음, 중학생 서현이를 앞에 두고 엄마인 제가 했던 말을 기억나는 대로 부끄럽지만 옮겨봅니다.

"서현아, 너 정말 죽을 생각이 있었던 거야? 아니지? 네가 책을 너무 많이 읽어서 그런가 보다. 그러니까 어려운 책 너무 많이 읽지 마."

이러니 현재의 서현이가 엄마의 '가스라이팅'에 그토록 심한 거부반응을 보이는가 봅니다. 답을 미리 정해놓고 묻는 저의 빤한 술책에 중학생 서현이는 "응, 그런 거 아니야, 엄마. 그냥 내 친구들도 다 그런 얘기 하는데, 나만 너무 솔직하게 쓴 거야"라고 대수롭지 않다는 듯 말했지요. 그것으로 저는 '자살 위험군' 딸에 관한 생각을 더는 하지 않았고요.

그때 저의 무신경함이 화살이 되어 서현이를 쏘았나 봅니다. 그때 만약 서현이와 눈높이를 맞추고, 이런저런 재미난 얘기들로 긴장을 풀어준 다음, 슬쩍 속내를 물어보고 적절한 행동을 취했더라면 현재의 서현이에게 "너는 왜 죽으려고 했니?"라고 아프게 물어볼 일이 생기지 않았을까요?

뉴질랜드의 자살방지 공익광고 중에 "5명 중 1명이 정신질환에 걸릴 수 있고, 그들이 얼마나 힘든가는 바로 당신에게 달려 있다"는 말이 있더군요. 딱 제가 새겨들어야 하는 말 같습니다. 기댈수 있도록 어깨를 빌려주고, 혼자가 아님을 알게 해주고, 다 잘될거라고 진심으로 믿고 지지하고 기다려주는 넉넉한 마음이 세상의 많은 서현이들을 살게 하는 마중물이 되리라 믿고 싶습니다.

그것

스티븐 킹의 1986년 동명 소설을 원작으로 만든 〈그것〉은 자기 내면의 '어둠'에 관한 영화입니다. 살인과 실종사건이 계속 발생하는 시골 마을, 어느 날 동생이 사라지자 형 빌이 '루저 클럽' 친구들과 동생을 찾아 나서면서 이야기가 시작됩니다.

이제 막 사춘기에 접어든, 일곱 명의 '루저 클럽' 아이들은 부모를 부담스럽기 짝이 없는 존재로 여깁니다. 영화 속 부모들은 친딸을 음란한 눈길 속에 가두는 아버지인가 하면, 아들을 병적으로 옭아매려는 엄마이고, 자식을 체벌하기 위해 총질을 마다하지 않는 어른들이기 때문입니다.

바람직하지 못한 환경에서 자란 아이들은 자기 내면의 두려움이 구체화된 형상인 '그것'을 보면서 고통받습니다. 그러나 용기를 내 '그것'과 싸우기 위해 어둠의 심연으로 향하게 되지요.

두려움을 직면함으로써 루저(loser)에서 러버(lover)로 성장한 주인공들과 달리, 영화 속에는 '떠다니는' 아이들도 나옵니다. 성장기에 겪은 고통과 트라우마를 이기지 못한 채 부유하는 아이들입니다. 그들을 보며 안타까운 마음에 저도 모르게 눈시울이 뜨거워졌습니다.

사람에겐 누구나 저마다의 '어둠'이 있습니다. 서현이의 '그것'이 무엇인지 저는 알지 못합니다. 어렴풋이 짐작해볼 뿐입니다. 다만, 서현이가 '그것'을 두려워해서 도망치지 않기를, 두 발을 단단히 땅에 딛고 조금씩이라도 앞으로 나아가기를 간절히 바랍니다.

해리포터가 "리디 큘러스!"라는 주문으로 두려움을 우스운 것으로 바꿨듯 우리에게도 '그것'을 이기는 특별한 기술 하나쯤 있으면 좋겠습니다.

나, ─────
엄마의 민낯

.

.

　　　　　　　　　　〈마이너리티 리포트〉라는 조금 오래된
영화가 있습니다. 스티븐 스필버그 감독의 평작쯤으로 여겨지는
이 SF영화를 저는 굉장히 좋아합니다. 여러 가지 이유가 있지만,
한 가지만 들자면 주연을 맡은 톰 크루즈 때문입니다. '전혀 예상
치 못했던 일에 휘말린 사람의 미스터리한 표정'을 연기하는 데
는 톰 크루즈만큼 맞춤한 배우가 없기 때문입니다. 몹시 주관적
인 생각입니다.

　영화가 후반에 이르면 자신의 실수로 아들을 잃은 톰이 예지
자(서멘사 모턴)에게 위로받는 장면이 나옵니다. 만약 아들이 죽지
않았다면 아버지와 함께 나누었을 행복한 일상을, 예지자는 연대
기 순으로 빠르게 읊어줍니다. 아들과의 재회를 상상하는 톰 크

루즈의 표정이 너무도 간절합니다. 그런데 바로 이 순간, 예지자는 "도망치라(run)"는 외침으로 추억에서 허우적거리는 톰에게 현실감각을 일깨우지요.

누구도 과거를 바꿀 수는 없습니다. 톰에게 큰 고통을 가져다 준 아들의 실종과 죽음이라는 경험도 이미 톰의 일부입니다. 예지자는 돌이킬 수 없는 과거에 매달리지 말고, 현재를 바꿔 미래를 도모하라는 간절한 마음을 담아 톰에게 외쳤을 겁니다. 도망치라고, 달려나가라고.

"엄마는 외할머니, 외할아버지한테 사과받고 싶지 않아?"

서현이는 최근 들어 저에게 부쩍 옛날 일에 관한 질문을 많이 합니다. 상담 선생님과 함께 자신의 과거를 되돌아보는 시간을 갖는 중인 건가 하고 추측해봅니다. 어린 시절이 마냥 '장미 넝쿨과 무지갯빛 나날'인 사람은 없을 것 같습니다. "모든 나이는 다 살만하다(피천득)"라는 말을 뒤집어 생각해보면, 힘든 것도 모든 나이가 매한가지일 테니까요.

심각한 사건을 경험한 뒤 겪게 되는 심리적 고통을 트라우마라고 한다지요. 저의 어린 시절 트라우마라고 하면, 엄마 아빠의 잦은 부부싸움과 '연탄과 김장'을 확보하는 일이 곧 생존이었던 가난이라고 하겠습니다. 사춘기 소녀에게 이건 정말 심각한 문제였는데요, 귀가하는 길에 혹시라도 엄마 아빠의 싸움 소리가 들릴까 봐 친구와 동행할 때는 절대 제집 앞을 지나지 않았습니다. 양파와 연탄이 문밖으로 '우당탕 쿵쾅' 던져지는 걸 친구와 함께 목격한 뒤 생긴 버릇입니다. 한 달에도 몇 번씩, 세상에 대한 화를 서로에게 풀던 제 부모는 머리카락이 쭈뼛 설만큼 살벌한 '싸움의 문장'들을 구사하곤 했는데요, 지난 일이니 그냥 두 분 모두 '막말의 고수'였다고만 쓰겠습니다.

눈만 뜨면 서로에게 저주를 퍼붓는 부모와 고3 때까지 한방에서 살았으니, 이런 환경은 제 성격에 어떤 식으로든 영향을 미쳤을 겁니다. 언제나 먹고사는 일로 겁을 먹고 있던 엄마는 제가 고등학교를 졸업할 때까지 한 번도 학교에 오신 적이 없습니다. 부끄러운 고백을 보태자면, 배운 거 없고 행색이 남루한 엄마가 학교에 오는 것을 언제부터인가 저도 원하지 않았는지 모릅니다. 부모님을 학교에 불러오지 않게 하려면, 보통의 아이가 되는 게 최선이더군요. 이를테면 반장선거에 나가거나 문제아로 낙인찍히는 사건 사고 따위는 일으키고 싶지 않았습니다.

앞에서 이야기했지만, 저는 서현이가 처음 왕따를 당했을 때 엄마로서 제대로 대응하지 못했습니다. 그때 왜 그렇게 소극적이면서 우유부단했는지 오랫동안 의문이었는데, 최근에 '혹시?' 하는 추측을 하게 됐습니다. 학교에서 어떤 문제도 일으키기 싫었고, 학교에 엄마가 오는 것은 더 싫었던 '어린 시절 저 자신의 모습이 투영된 건 아닐까' 하는 생각 말입니다. 물론, 이런 나름의 속사정이 있었다고 해도, (딸을 지켜주지 못한) 제 무능함이 상쇄되는 건 아니겠지요.

얼마 전 서현이와 홍대 앞에서 점심을 먹을 때, 이 이야기를 하게 됐습니다. 제 말끝에 서현이는 '외할머니 외할아버지에게 사과받고 싶은지'를 물었던 겁니다. 연로하신 (여전히 싸우시는!) 두 분에게 사과를 받는다면 한 조각 위로는 될지 몰라도, 부질없다는 생각이 다른 한편 들었습니다.

저는 딱히 효녀도 아니고 되고 싶은 마음도 없지만, 결혼하고 25년 동안 한 번도 엄마의 생신을 챙기지 않은 해는 없습니다. 그런데 정작 엄마는 본인의 생일을 매번 제대로 기억하지 못합니다. 이 글을 쓰는 날로부터 열흘 전이 제 생일이었고요. 늘 그랬듯, 엄마께 전화를 드렸지요. 당연히 모르실 거로 생각했는데, "엄마" 하고 부르자마자 미역국은 먹었는지를 물으시더군요. 정작 자신의 생일은 일평생 기억하지 못하면서 딸의 생일은 잊지 못하는 엄마라니요.

제가 어떤 식의 특정한 유전자와 고유한 환경이 빚어낸 존재일 수 있다면, 서현이도 마찬가지일 겁니다. 부모와 좀 다른 사람이 되고 싶었던 저는 매사에 논리적이고 이성적으로 굴어 어린 서현이를 숨 막히게 했는지 모릅니다. 그나마 일관성이라도 있으면 다행일 텐데, 저를 낳아주고 키워주신 부모와 어쩔 수 없이 닮은 구석이 있었는지, 화도 없지 않았습니다. 여덟 살 때 서현이가

『화내는 부모가 아이를 망친다』는 책을 제 생일 선물로 사 들고 들어와서 그야말로 제 화를 벌기도 했었지요.

서현이는 자살하려던 '그날' 유서를 대신한 편지를 저에게 써서 노트북에 남겼다고 하는데, 아직 보여줄 마음은 없어 보입니다. 실은 저 역시 편지를 읽을 마음의 준비가 됐는지 확실치 않습니다. 제가 알고 있는 것보다 더한 저의 민낯이 담겼을까 두렵기는 하지만, 언젠간 (서현이가 허락한다면) 그 편지를 보게 되겠지요. 우유처럼 뽀얀 마라탕과 지옥처럼 붉은 마라탕이 반씩 담긴 화로를 바라보며 서현이에게 저도 물었습니다.

"서현아, 너는 엄마에게 사과받고 싶지 않니?"

매운 마라탕을 눈 하나 깜짝 않고 잘 먹던 서현이가 고개를 갸우뚱한 채 애매하게 웃습니다.

"아니, 난, 가끔 옛날이야기 하면서 그때 엄마는 왜 그랬는지, 나는 어떤 마음이었는지 물어보고 대답 듣는 거로 괜찮은 거 같은데?"

과거를 바꿀 수는 없습니다. 그렇지만 과거의 '불확실한' 기억들이 서현이나 저를 해치게 두고 싶지는 않습니다. 함께 이야기를 나누고, 오해를 풀고, 용서를 구할 수 있는 날들이, 여전히 많이 남았다고 믿고 싶습니다. 세상에 4억만 명의 사람들이 우울증을 앓고 있다면, 증세도 4억만 가지일 겁니다. 운 좋게 재발 없이 이겨내는 분들도 있겠지만, 보통의 경우에는 전문가의 도움 없이는 완치를 기대하기 어렵지요. 전문가가 아닌 제가 서현이와 자신을 위해 무엇을, 어떻게 할 수 있을지 다시 생각해봅니다. 실패해도 괜찮지 않을 수 있습니다. 믿고 지지해준다고 꼭 잘되란 법도 없습니다. 오늘보다 내일이 나으리라는 보장도 없을 테지요. 그래도 함께 걸어가기로 합니다.

"네가 매일 실패해도 함께 갈게."

엄마에게

엄마, 지나온 날의 어딘가에서
엄마가 나를 포기했다면 난 어떻게 되었을까?
그랬으면 또 그런대로 살아졌을 거라고 나는 생각해.
그렇지만, 지금의 내가 나일 수 있는 건,
엄마가 내 손을 놓지 않았기 때문일 거야.

돌아보면 엄마를 원망하고 미워했던 날들이 얼마나 많았는지.
엄마, 나는 내가 엄마에게 방해만 되는 사람인 것 같아서
'차라리 태어나지 말았으면' 하고 생각했어.
엄마의 관심과 사랑이 내겐 힘이 아니라 짐이었고,
엄마를 마음껏 미워하는 일도, 사랑하는 일도 내겐 벅차기만 했어.
모순된 감정의 파고에서 내가 흔들리는 내내,
엄마는 엄마의 방식대로 나를 잡아줬던 거겠지?
엄마의 마음을 조금이나마 이해할 수 있게 된 요즘,
내게도 작은 목표 하나가 생겼어.
엄마가 슬픈 일이 있을 때 이야기를 들어주는 친구가 되고 싶어.

술 많이 먹지 말라고 잔소리도 하고 싶어.
너무 많이 돌아다니지 말고 거리를 두라고 걱정도 해주고 싶어.
엄마가 나를 도와준 만큼 나도 엄마를 도와주고 싶어.
그리고 열심히 살고 싶어.

사랑하는 엄마,
포기하지 않고 여기까지 함께 와 줘서 고마워!

서현이가

희망이 아닌 현재를 위한 선택

딸의 우울증에 관한 글을 끝냈는데도 사실 아는 것이 없기는 글을 쓰기 전과 마찬가지입니다. 누군가 "그래서 우울증이 뭔가요?" 하고 묻는다면 뭐라고 답해야 할지 몰라 '동공 지진'이 날 것 같습니다. 그래도 제가 경험한 것이 어느 누군가에게 아주 작은 도움이라도 된다면 기꺼이 알려주고 싶은 마음입니다. 의사도, 상담 선생님도 아닌 지극히 개인적인 관점에서 우울증에 걸린 친구, 가족, 이웃들에게 하고 싶은 말을 짧게 정리해봤습니다.

미국 정신의학협회에서 발행한 『정신질환 진단 및 통계 매뉴얼(DSM-V, 5판)』을 통해 요즘은 누구나 우울증을 자가진단할 수 있습니다. 인터넷 검색만으로도 쉽게 정보를 얻을 수 있습니다. '종일 우울하거나 대부분의 활동에서 현저하게 흥미 감소', '체

중감소나 증가', '자기 비난', '죄책감', '결정 장애', '죽음에 대한
반복적 생각' 등등의 문항들을 살피다 보면 우울증 여부에 관한
그림이 그려질지 모릅니다.

그렇지만 자가진단은 단지 참고사항일 뿐입니다. 우울증의 올
바른 진단과 치료 여부는 전문가의 판단에 따라야 합니다. 우울
증의 시작은 대체로 모호하고, 끝은 기약이 없습니다. 치료를 더
디게 하는 미로, 샛길, 함정이 복병처럼 곳곳에 매복해 있습니다.
우울증에 관한 방대한 책을 쓴 앤드루 솔로몬은『한낮의 우울』에
서 "우울증에서 탈출하는 일은 대개 느리며 사람들은 여러 단계
에서 멈추곤 한다"고 말합니다.

앞에서 언급했듯, 정신질환에 대한 편견과 낙인은 치료의 시
작을 더디게 하는 주적입니다. 그리고 치료를 방해하는 요인 중
에, 상대적으로 덜 언급되지만, 정말 중요한 문제가 있습니다. 그
것은 정신질환 치료에 따르는 경제적인 어려움입니다. 서현이는
병원에 입원한 날로부터 현재까지 1년 3개월 이상 병원에서 진
료를 받고 있습니다. 주 피보험자인 아빠의 실손보험에 등재되어
있지만, 국민건강보험공단의 건강보험 말고는 치료 기간 내내 단
한 차례도 사설보험의 수혜를 입지 못했습니다. '정신 및 행동장
애(F04-F99)'의 경우 통원의료비에 대해 보상하지 않는다는 약관
에 따른 것입니다. 응급실 이용, 입원, 상담과 약물치료를 위한 통

원 등은 고스란히 개인이 감당하는 몫입니다.

심지어 정신질환자의 경우 스스로 건강보험 적용을 꺼리는 경우도 있다고 합니다. 일반 보험의 가입이 거절되거나 취직에 불이익을 당하는 일을 방지하기 위해서라고 합니다.

우리나라 청소년 사망원인 1위는 8년 연속 고의적 자해(자살)입니다(통계청, 인구 동향 조사 및 사망원인 통계). 2019년 20대 우울증 환자는 9만 8,434명으로 5년 전인 2014년보다 2배 가까이 늘었습니다. 참고로 연령별로는 60대가 가장 많지만, 증가세는 20대가 가장 높습니다. 경제적인 자립이 상대적으로 힘든 청소년층과 20대의 경우, 우울증으로 인한 심신의 고통 외에 경제적 부담이 피하기 어려운 장애물로 작동하는 셈입니다.

실제로 정신과 병동에서 제가 만났던 20대 초반의 한 청년은 부모님께 경제적 부담을 지울 수 없어 퇴원 후에 상담 치료를 지속하기 어렵다고 담담히 말했습니다. 서현이의 학교 선배였던 또 다른 20대 초반의 청년 역시, 부모님에게 우울증을 앓고 있다는 사실을 밝히지 않았기에 아르바이트를 통해 상담비를 마련한다고 했습니다. 그 청년은 처음 대면하는 저에게는 스스럼없이 우울증 병력을 밝히면서도 정작 부모에겐 도움을 청하지 못했습니다.

제가 경험한 바로는, 실로 굳은 의지가 아니고는 매일매일 약을 챙겨 먹는 일도 쉽지 않습니다. 우울증약은 두통약처럼 한 번의 복약으로 효과가 나타나는 게 아니기에 종종 중요성을 잊기 쉽고, 우울증이 시시각각 의지를 무력화시키는 질환인 까닭도 있습니다.

몸의 상처나 정신의 상처나 아프면 치료하는 게 맞는 이치일 텐데, 정신질환의 경우엔 이처럼 넘어야 할 장애물이 더 높고 험난합니다. '우리는 그야말로 물심양면 정신질환을 꺼릴 수밖에 없는 구조 속에 사는 게 아닐까' 하는 의구심이 들 정도입니다. 그렇지만 예상 밖의 장애물이 길목을 막는다고 해도 치료를 회피하거나 멈추면 안 된다고 말하고 싶습니다.

우울증으로 혼자 고통받도록 자신을 내버려두지 않으면 좋겠습니다. 지금 당장은 희망의 미래를 볼 여력이 없다 해도 포기하지 않으면 좋겠습니다. 조금만 더 견뎌보라고, 그저 두 발을 땅에 단단히 딛고만 있어 달라고 말하고 싶습니다. 우울증에 걸리지 않는 삶을 선택할 순 없지만, 우울증을 낮게 하는 선택은 가능하기 때문이고, 무엇보다 우울증에 내어주기엔 지금 이 순간이 너무 소중하기 때문입니다

반짝반짝 빛나는 떠돌이별

"상상할 수 없는 먼 곳, 그곳에 가면 모든 걸 잊을 수 있을 거야."

"엄마, 나는 멀리 떠나고 싶어."

서현이는 이 책에 앞서 『유리의 꿈』이라는 그래픽 노블을 직접 쓰고 그렸습니다. 유리는 마음속 천사에게 소원을 말한 뒤, 삶의 길목에서 몇 가지 중요한 선택을 하는 아이입니다. 길에서 생을 마쳤을지 모를 길냥이와 함께 소박하게 사는 것, 넓은 세상을 여행하며 새로운 사람을 만나는 것, 뒤도 돌아보지 않고 삶의 경계 밖으로 뚜벅뚜벅 걸어가는 것. 그중 유리의 진짜 선택은 무엇일까요? 혹시 지금 유리는 조금 다른 선택을 앞에 두고 있는 건 아닐까요?

'유리와의 세상 여행'에서 돌아온 서현이는 요즘 물감 작업에 새삼 공을 쏟고 있습니다. 물감 꾸러미가 집으로 자주 배달되면서 서현이의 작은 방은 점점 좁아지는 중이고요. 룸메이트 고양이 샴푸는 서현이가 붓을 들 때마다 도화지 위에 냉큼 올라앉아 아슬아슬한 상황을 만들기도 하지요. 뭔가 몽실몽실하고 아련한 색채를 구현하기에는 그래픽이 물감을 넘어설 수 없다고 서현이는 말합니다. 눈썰미가 여물지 못한 제가 볼 때는 그래픽도 유화도 그저 서현이의 그림일 뿐이지만, 본인에게는 그 차이가 분명한가 봅니다.

이렇게 그린 원화 몇 점과 디지털 드로잉 몇 점은 상수동 소품 가게의 카페 공간에 전시되기도 했습니다. 딸의 그림을 보기 위해 '나만이 나의 인생을 바꿀 수 있다'는 문장이 새겨진 길모퉁이 건물을 지나, 외관이 온통 핑크로 칠해진 아담한 건물을 찾았지요. '행성파괴자' '인형 병동' '사이코 헤븐' 등의 제목이 붙은 그림들 위에는 서현이가 며칠 밤낮을 뭉치고 붙여 만든 구름이 낚싯줄에 매달려 있더군요. 작고 사랑스럽고 고통 없는 삶을 꿈꾸는 서현이의 취향이 고스란히 전해졌는데, 직접 붙인 전시 제목은 '파스텔 헤븐'이었습니다.

2019년 5월 마지막 주를 끝으로 학업을 쉬었던 서현이는 2020년 9월 학기에 복학했습니다. 학업 외에 하고 싶은 일이 부쩍 많아진 딸에겐 쉽지 않은 결정이었지만, 다행히 균형을 찾아가는 중인 듯합니다. 1년 이상 장복했던 우울증약은 얼마 전 용량을 절반으로 줄였고, 현재는 복약을 한시적으로 멈춘 상태입니다. 상담만큼은 여전히 계속하는 중이고요.

사랑하는 마음만큼 미움도 컸던 엄마와도 적절한 거리를 유지하는 요즘의 서현이를 보면 섭섭할 때도 있지만 대견할 때가 훨씬 많습니다. 이제야말로 '자기 안의 것'으로 자신을 바꿔나가는 것처럼 보이기 때문입니다.

무한히 넓은 우주에는 어느 은하에도 속하지 않는 떠돌이 별들이 있다고 합니다. 그 별들이 내는 빛의 총량은 모든 은하에 속한 별들이 내는 빛의 총량과 맞먹는다지요. 저는 아직은 학설에 불과한 이 이야기를 아주 오랫동안 좋아해 왔습니다. 한동안 사람들을 대할 때, 그가 무리에서만 빛나는 사람인지 혼자서도 빛을 내는 떠돌이 별인지 헤아려볼 정도였으니까요. 그러니까, 오늘 밤 별빛이 찬란하다면 그 절반의 밝음은 은하 밖을 지나는 떠돌이 별들에게 지분이 있는 셈입니다. 혼자 우주를 여행하는 반짝반짝 빛나는 떠돌이별, 서현의 이야기를 마칩니다.

우울증을 이해하고 견디기 위한 엄마와 딸의 혈투

네가 매일 실패해도 함께 갈게

초판 1쇄 인쇄 2020년 10월 19일
초판 1쇄 발행 2020년 10월 26일

지은이 최지숙 · 김서현

발행인 양문형
펴낸곳 글레마

등록번호 제313−2008−31호
주소 서울시 종로구 대학로 14길 21 (혜화동) 민재빌딩 4층
전화 02−3142−2887   **팩스** 02−3142−4006
이메일 yhtak@clema.co.kr

ⓒ 최지숙 김서현, 2020

ISBN 979-11-89497-37-8 (03810)

＊ 이 도서는 한국출판문화산업진흥원의 '2020년 출판콘텐츠 창작 지원 사업'의 일환으로
    국민체육진흥기금을 지원받아 제작되었습니다.

이 도서의 국립중앙도서관 출판예정도서목록(CIP)은 서지정보유통지원시스템
홈페이지(http://seoji.nl.go.kr)와 국가자료공동목록시스템(http://www.nl.go.kr/
kolisnet)에서 이용하실 수 있습니다.(CIP제어번호: CIP2020041390)